ALBERT E. FELIS, gentechnische Kombination aus einer blaugrauen Perserkatze und einem Genabschnitt Albert Einsteins, ist aus dem geheimen GENTECH Laboratorium Prof. Dr. Dr. Frank N. Stein geflohen. Er hat sich zwei Kindern und Hobbyastronomen, Stella und Lux, angeschlossen. Der Professor, Sohn von Baron Frankenstein, das Monstrum und Assistent Karl wissen um die Gefahr, die für das illegale Labor und für sie von der geflohenen Katze ausgeht. Sie versuchen mit allen Mitteln und um jeden Preis Albert E. wieder einzufangen.

Aber es kommt anders: Der Professor und sein Team haben nicht mit der Intelligenz der Katze und dem Mut der Kinder gerechnet.

Der Autor F.O., m., Homo sapiens, wurde relativ kurz nach Kriegsbeginn an dem Tag, der heute Tag der Deutschen Einheit ist, geboren. F.O. durchlief relativ problemlos die Volks- und Realschule, machte eine Lehre zum Graphischen Zeichner *(das gab es damals noch)*, die er relativ gut abschloss. 40 relativ lange Jahre war er als Kreativer und Gestalter in der Werbung relativ erfolgreich. Nach dem relativ frühen, aber für die Werbung relativ späten Ausscheiden aus der Branche, versuchte F.O. sich relativ kreativ an verschiedenen Projekten in Sachen Text und Bild.

Einen relativ bescheidenen Versuch sehen Sie hier.

# F.O.
# Frank N. Stein's
# Katze

ISBN 978-3-8334-79618

1. Auflage 2007
Herstellung und Verlag:
Books on Demand GmbH
D-22848 Norderstedt
Buchgestaltung und Illustrationen F.O.
Copyright F.O.

Alles ist relativ.
Raum und Zeit,
aber auch der Standpunkt
des Betrachters.

*Albert E. Felis*

Die Astronomen

Es war eine sternklare Nacht. Ungewöhnlich deutlich zog sich das Band der Milchstraße von Horizont zu Horizont. Lukas, genannt Lux, und Stella, seine Klassenkameradin und Spielgefährtin und irgendwie auch seine Freundin und Muse, auch wenn sie sich oft stritten, standen mit Lux' Teleskop im Garten und diskutierten, was oder welchen Himmelsabschnitt sie heute beobachten sollten. Lux hegte die Hoffnung, irgendwann einmal eine Supernova zu entdecken oder einen neuen Kometen, die oder der dann nach ihnen benannt würde. Oder er würde die Namensgebung Stella überlassen, wenn sie gerade keinen Streit hätten. „Nimm den Zentralbereich!", sagte Stella, „da stehen die Sterne relativ dicht, da ist die Wahrscheinlichkeit am größten." „Relativ?", hörten sie eine unmenschliche Stimme fragen und sie schraken zusammen. Sie konnten niemanden sehen, und ohne dass sie es näher erklären konnten, hatte die Stimme etwas unheimlich Katzenhaftes. „Relativ ist alles!", sagte die Stimme, „außer der Lichtgeschwindigkeit. Aber wer weiß das schon so genau." Lux und Stella sahen

sich an und um. Sie konnten niemanden entdek-
ken. Büsche und Bäume waren dunkle Silhou-
etten. „Vielleicht ist es ein Außerirdischer", sagte Stella, „das wäre toll, der könnte uns entfüh-
ren, und wir bräuchten nicht mehr zur Schule!"

„Das könnte euch so passen!", antwortete die
fremde Stimme und etwas kometenhaftes Wei-
ßes flog aus dem Baum auf sie zu und landete
direkt vor ihren Füßen. „Gestatten, Albert E.
Felis, flüchtig aus Professor Dr. Dr. Frank N.
Stein's gentechnischem Labor, daselbst gentechnisch erzeugt aus dem befruchteten Ei einer
Katze und einigen Abschnitten des genetischen
Codes von Albert Einstein, 1879 - 1955, Vater
der Relativitätstheorie, Nobelpreisträger, ge-
wonnen aus einer Kopfhautschuppe aus einer
Haarbürste, die Frank N. Stein auf einer Auktion
zu diesem Zweck ersteigerte. Das Experiment
gelang, und so bin ich ein blaugrauer Perser mit
weißem Kopfhaar und Einsteins mathematisch-
physikalischer Intelligenz und seinem Sprachvermögen. Die Sprache lernte ich in Frank N.
Stein's Labor. Sie wurde mir von Karl, seinem
Assistenten, beigebracht, der mir auch die All-

gemeine und Spezielle Relativitätstheorie vorlas. Ich begriff gleich und musste mühselig relativ viele Teile Karl erklären, und ich glaube, er hat sie bis heute nicht verstanden. Zu essen bekam ich von einem Typen, genannt die Kreatur, der auch mein Katzenklo relativ gut reinigte. Er war etwas tapsig und ungeschickt, relativ häufig etwas abwesend, aber sonst relativ o.k..."

Albert E. strich um die Beine von Lux und Stella, gab jedem ein Köpfchen, schnurrte und sagte: „Ihr gefallt mir. Wenn ihr wollt, bleibe ich bei euch. Ich kann euch behilflich sein in Mathe, Physik und in der Astronomie. Ich esse am liebsten Cat-Stars, trinke nur Wasser, und mein Katzenklo muss nur alle drei Tage gereinigt werden. Warnen muss ich euch allerdings vor Frank N. Stein, seinem Assi Karl und der Kreatur. Die wollen mich wieder einfangen, weil sie befürchten, ich könnte meine Gene, sprich meine Intelligenz, weitergeben, und so ein kluges Katzengeschlecht könnte in der Tat der Menschheit gefährlich werden. Aber ich glaube es nicht, denn bei allem was ihr uns Katzen angetan habt, im Mittelalter habt ihr uns zum

9

Beispiel als Hexen verfolgt, mögen wir euch Menschen doch zu sehr." Albert E. gab jedem nochmals ein Köpfchen und schnurrte. „Sowas gibt es doch nicht, meinte Lux. „Ich find's relativ wahrscheinlich", erwiderte Stella und strich Albert E. mit der Hand durch seinen weißen Schopf. Albert E. schnurrte weiter. Plötzlich machte er einen gewaltigen Satz in die Büsche. Nach kurzer Zeit kam er zurück. „Daneben!", sagte er. „Da war eine Maus, habt ihr sie nicht gehört? Ich kann mich dann nicht bremsen, ihr wisst, der Jagdinstinkt, es ist relativ schrecklich." „Das macht doch nichts", entgegnete Stella, „gut, dass es nicht geklappt hat. Wenn du willst kannst du Tartar haben oder Filet oder Kunstmäuse aus der Tüte." „Ich bleibe bei euch," sagte Albert E., „denn wir verstehen uns." Sie gingen ins Haus. Albert E. folgte ihnen, lief kreuz und quer durchs Haus, schnüffelte hier und da, während Stella und Lux im Kühlschrank nach etwas Essbarem für Albert E. suchten. Aber außer ein paar Scheiben Mortadella und einem kleinen Rest H-Milch fanden sie nichts. „Mehr können wir dir heute Abend nicht bieten", bedauerte Lux. „Relativ wenig, aber besser als nichts", fand Albert E. und begann die Mortadella zu verspeisen. „Guten Appetit!", wünschte Stella, „lass es dir gut schmecken." „Danke!", erwiderte Albert E. und fraß schnurrend weiter.

Währendessen, zur relativ gleichen Zeit, wenn das überhaupt möglich ist, fand in Prof. Dr. Dr. Frank N. Stein's gentechnischem Labor eine Krisensitzung statt. Der Professor, Assistent Karl und die Kreatur saßen am Konferenztisch und berieten. „Wir müssen Albert E. unbedingt wiederbekommen, denn erstens ist das Experiment nicht abgeschlossen und ausgewertet und zweitens ist Albert E. eine gentechnische Gefahr. Stellt euch vor, die gesamte Weltkatzenpopulation hätte die Intelligenz von Albert E.", eröffnete der Professor die Sitzung. „Eine evolutionäre Katastrophe", sagte Assistent Karl, „die müssen wir verhindern. Und zum andern brauchen wir die Katze als Beweis für unsere überlegenen gentechnischen Leistungen." „So ist es!", stimmte die Kreatur zu, „ich bin ja noch gewissermaßen ein chirurgisches Steinzeitprodukt." „Damals waren wir halt noch nicht so weit", entgegnete unwirsch der Professor. „Ich wollt' mich ja auch gar nicht beklagen", antwortete die Kreatur kleinlaut, „aber ich hätte doch gerne eine chirurgisch generierte, zu mir passende Partnerin gehabt." „Ich hab's ja versucht", murmelte der Professor, „aber Frauen sind schwieriger zu generieren und der Versuch ist fehlgeschlagen." „Ich weiß", sagte die Kreatur und sah traurig auf seine großen Hände mit den Nahtnarben an den Handgelenken. „Jetzt zur Sache und Schluss mit dem privaten Gedöns. Wie und wo fangen wir Albert E. wieder ein? Wir müssen uns in seine Psyche hineinversetzen. Wer hat übrigens den Käfig nicht wieder zugemacht?". „Ich war's nicht", brummte das Geschöpf mit tiefer Stimme. „Ich auch nicht", schloss sich Assistent Karl an. „Wollt ihr damit sagen, dass ich es war???", schrie Frank N. Stein, „ich, der berühmte Gentechniker, der neue Prometheus, der schon längst den Nobelpreis verdient hätte, aber wegen missgünstiger Kollegen und Intriganten aus der Wissenschaft nicht bekommt! Ich, der dich erschaffen hat und den Genkater Albert E., die Synthese menschlicher Intelligenz mit der kätzischen Eleganz und unser noch nicht abgeschlossenes Experiment Mensch/Wolf." Er wurde plötzlich ganz still, fing an zu schluchzen und sagte leise: „Ihr wisst doch gar nicht, was ich für eine schwere Jugend hatte. Die finstere Burg, das kalte, feuchte Laboratorium, mein gestrenger, herrischer Vater. Der berühmte Baron, der verstand keinen Spaß, helfen musste ich von früh bis spät bei seinen Experimenten. Das Studium habe ich mir vom Munde abgespart, die ersten Versuche musste ich auf Friedhöfen machen, weil die offizielle Wissenschaft zu kleingeistig und zu feige dafür war."

„Also gut", gab Karl nach, „wir waren's. Jetzt lasst uns einen Plan machen, wie wir die Katze fangen."

Die Konferenz

# DER PLAN

‚Albert E. muss gefangen werden!', schrieb Karl auf das Flipchart. „Aber wie?", fragte die Kreatur. „Also", begann Prof. Dr. Dr. Frank N. Stein, „wir haben es mit einer Katze, keiner gewöhnlichen Katze, sondern mit einer Katze mit überkätzischer und in verschiedenen Bereichen sogar übermenschlicher Intelligenz zu tun!". „Das ist wahr", bestätigte die Kreatur. „Also", sprach der Prof. Dr. Dr., „müssen wir als erstes analysieren, nach welchen Gesichtspunkten ein solch intelligentes Katzenwesen seine Flucht planen, beziehungsweise organisieren würde. Für ein Katzenleben in freier Wildbahn ist meines Erachtens Albert E. zu klug. Er wird versuchen, sich Menschen anzuschließen, die ähnliche Interessen haben wie er." „Unser Labor liegt sehr einsam", analysierte Karl, „er wird sich bis zur nächsten Siedlung durchschlagen oder hier im Walde sein Leben als Wildkatze fristen müssen." „Das trau' ich dem nicht zu", brummte mit tiefer Bassstimme die Kreatur, „der fängt nie eine Maus, das Leben in freier Wildbahn ist relativ schwer." „Hör auf mit dem Relativ!!!", schrie hysterisch der Professor, „das einsteinsche Gesülze will ich nicht noch einmal hören!" Von hier an bemühte man sich um mehr Disziplin und die Konferenz entwickelte sich in Richtung Brainstorming.

Karl hatte die Idee, eine Anzeige zu machen:

**Wertvolle Katze entlaufen!**

Kennzeichen: weißer Wuschelkopf,
weißer Schnurrbart.
Ähnlichkeit mit Albert Einstein.

1000,- € Belohnung!!!

„Quatsch!", sagte der Professor, „das vereitelt die Katze doch sofort, die sagt doch ihren Leuten, was Sache ist. Soll denn unser ganzer Laden auffliegen? Wir müssen verdeckt ermitteln, ganz unauffällig. Karl geht als Meinungsforscher für Katzenfutter in die Nachbarorte und befragt die Leute nach ihrer Einstellung zu Katzen und, wenn sie selber eine haben, nach deren Gewohnheiten und Aussehen." „Das ist eine gute Idee", sagte die tiefe Stimme. „Ich habe nur gute Ideen", erwiderte gereizt Prof. Dr. Dr. Frank N. Stein. „Also, und du, mein Geschöpf, besorgst dir eine Straßenkehrmaschine und fährst ganz unauffällig die Siedlung ab, vielleicht entdeckst du etwas Verdächtiges. Ich aber werde Plakate kleben lassen, die vor einer gefährlichen Katzenseuche warnen, und ich werde als amtlicher Tierarzt die Katzen der Gemeinde impfen." „Genial, Professor!", bemerkte die große, aber etwas misslungene Kreation. „Was denn sonst!", schnarrte der Professor unwirsch. „Also, morgen geht es los! Lasst uns jetzt die Nacht darüber schlafen, denn ausgeschlafen ermittelt es sich besser." Sie tranken noch ein von gentechnisch manipulierter Hefe erzeugtes Bier und wollten zu Bett gehen, als das Geschöpf unbedacht anmerkte: „Die Nacht ist relativ kurz." Das kleine Wort ‚relativ' löste einen ungeheuren professoralen Wutanfall aus. Schaum trat vor seinen Mund und er fiel in eine tiefe Ohnmacht. Assistent Karl und die Kreatur brachten den Professor zu Bett, deckten ihn gut zu und zogen die Vorhänge mit dem gräflichen Wappen vor.

Karl schlief unruhig und träumte von der Schwerkraft, und seine Schwerkraft verformte seine Matratze, den Planeten Erde, das Sonnensystem, die Milchstraße, dann kamen 500 Millionen Lichtjahre leerer Raum, und dann am Rande der lokalen Gruppe ein Katzenkorb, dem die Gravitation relativ egal war, mit einer Katze, die ihm die Zunge rausstreckte und behauptete, er sei ein relativ großer Dummkopf, wenn das überhaupt reichen würde.

Die Kreatur zog die Schuhe mit den dicken Sohlen, die es größer und gefährlicher erscheinen lassen sollten, aus und legte sich auf sein Lager aus Säcken und alten Decken. Dachte noch kurz, bevor es einschlief, an Turnschuhe und wie bequem die sein müssten, an einen flotten Jogginganzug und an eine zu ihm passende Frau, fiel dann aber schnell, nach den Anstrengungen des Tages, laut schnarchend in einen tiefen Schlaf.

Zur relativ gleichen Zeit, jeder Betrachter hat seine eigene, saß Albert E., denn Katzen sind ja nachtaktiv, und das hatte er von den Katzengenen mitbekommen, vor dem Fenster von Lux' Zimmer und betrachtete die Sterne und die Milchstraße und dachte über eine Formel für das Raum-Zeit-Gravitation-Kontinuum nach, ohne dass ihm dazu etwas Neues eingefallen wäre. Aber Katzen haben Geduld, und so war er fürs Erste zufrieden und schnurrte fröhlich in dem auseinanderdriftenden Universum vor sich hin.

Währenddessen lag Lux in seinem Bett und überlegte, was er von der Katze Albert E. und dem, was sie erzählt hatte, halten sollte. Stella, die ein paar Häuser weiter wohnte, war auch nach Hause und zu Bett gegangen, schlief schnell ein und träumte von einer Katze, die den Nobelpreis bekam.

Zwei Tage später tauchten an allen Plakatwänden, Bauzäunen und auch an Stellen, an denen das Plakatieren verboten war, Plakate auf:

GEFAHR!!!

**KATZENSEUCHE!**

Ein gefährliches Katzenvirus geht um, durch das ihre Katze erkranken und sterben kann. Da Gefahr besteht, dass das Virus auf den Menschen überspringt und auch ihn gefährdet, fordert das Gesundheitsamt in Zusammenarbeit mit dem Veterinäramt alle Bewohner von Waldstadt auf, ihre Katzen impfen zu lassen.

Gesundheits- und Veterinäramt Waldstadt
Abteilung Seuchenbekämpfung
Machen Sie mit!
Lassen Sie *Ihre* Katze impfen!

Dazu fanden sich im kommunikativen Alleingang eines Assistenten und ohne den Segen des Professors an vielen Bäumen, Masten aller Art und Bauzäunen und an Stellen, an denen das Plakatieren verboten war, Zettel mit folgendem Inhalt:

**WERTVOLLE KATZE ENTLAUFEN!**

Kennzeichen: weißer Wuschelkopf
und Schnurrbart.

Die Familie, besonders die Kinder Frank, Karl und Krea sind untröstlich.

1000,- € Belohnung für Zurückbringung!

Familie Liebenstein
Im Walde 3
12345 Waldstadt
Tel. / Fax 0 99 12 34 56-0
liebenstein@t-hotline.de, www.liebenstein.de

In den nächsten Tagen sah man eine kleine orange Straßenkehrmaschine in der Siedlung ‚Vorm Walde' die Gehwege säubern. Gesteuert wurde sie von einem großen, ungeschlachten Mann, der einen orangen Overall und Schuhe mit sehr dicken Sohlen trug. Er hatte eine eckige Stirn mit seltsamen Narben. Er lachte freundlich, und wenn er mit den Kindern über Katzen sprach, verteilte er Gummikätzchen, Katzenzungen und Katzenküsse. Er war sehr groß und stieß mit seinem Kopf an das Dach der Kehrmaschine. Zeitweise sah man ihn auch mit einem Fernglas Gärten und Umgebung absuchen. Aber, wie so

oft, sind solche genialen, professoralen Maßnahmen vergeblich. So auch hier. Aber zurück
blieben saubere Wege in einem kleinen Teil des
Universums auf einem Planeten genannt Erde, der
eigentlich Wasser heißen müsste.

Parallel dazu, aber nicht gleichzeitig, ging ein
kleiner buckliger Meinungsforscher von Haus zu
Haus, die Leute nach ihrer Einstellung zu Katzen
befragend, beziehungsweise, wenn sie selber eine
oder mehrere hatten, einen Fragebogen ausfüllen
lassend für das INSTITUT FÜR PSYCHISCHE UND
PHYSISCHE KATZENGESUNDHEIT E.V., einer Stiftung
der Deutschen Katzenfutterindustrie. Besonders
eine Frage fanden die Interviewten ziemlich seltsam:

Hat Ihre Katze ein besonders auffälliges oder
außergewöhnliches Merkmal?

Zum Beispiel:
Wuschelkopf und Schnurrbart?                    ☐
Sprachvermögen und Sprachverständnis? ☐
Ähnlichkeit mit Albert Einstein?                    ☐
*(Physiker und Nobelpreisträger)*

Zeitgleich, aber nicht gleichzeitig, ging der Seuchenbeauftragte von Haus zu Haus, sprach freundlich und besorgt mit den Leuten, zeigte großen Katzenverstand und -liebe und impfte alle Katzen gegen die Seuche mit destilliertem Wasser. Und den Katzenhaltern gab dieses ‚Engagement der Regierung' das gute Gefühl der Sicherheit. Und die Tage vergingen und das Universum dehnte sich aus und mit ihm Zeit und Raum.

Nach 14 Tagen angestrengter Recherche und Observation trafen die drei Herren zur Lagebesprechung und Auswertung im Konferenzzimmer GENTECH Laboratorium Prof. Dr. Dr. Frank N. Stein zusammen.

„Und jetzt die Ergebnisse auf den Tisch!", schrie ungeduldig Prof. Dr. Dr. Frank N. Stein und schlug mit der Faust darauf, dass die Erfrischungsfläschchen und die Salzstangen aus genmanipuliertem Weizen fröhlich in die Luft hüpften. „Also du, mein Geschöpf, fängst an! Was hast du rausgefunden, beziehungsweise welche Verdachtsmomente sind dir aufgefallen?" „Mein Notizbuch hat leider die Kehrmaschine gefressen,

aber dieses weiße Haar könnte von ihm sein?".
Dabei zog die Kreatur ein Plastiktütchen aus der
Tasche ihres Overalls. Leider war die Schrift auf
dem Tütchen verschmiert, so dass man sie nicht
mehr lesen konnte. „Interessant!" ‚sagte der Professor, „und wo hast Du dieses Haar gefunden?"
„Ich weiß es nicht mehr, aber es steht doch auf
dem Tütchen." „Was steht da?", schrie der Professor rot anlaufend, „das kann doch keine Sau
mehr lesen, aber wir werden es gentechnisch
testen, und dann wissen wir, ob es von IHM ist
oder ob ich dir wieder ein neues Gehirn transplan-
tieren muss, damit so etwas nicht noch einmal
vorkommt." „Nein, nein, keine Transplantation,
das tut so weh", wimmerte die eingeschüchterte
Kreatur, den Filzstift habe ich von euch selbst
bekommen und die Anweisung auch." „Schweig'
Unwürdiger!", kreischte der Professor, „jetzt ist
Karl dran!". Karl legte einen dicken Stapel Frage-
bögen auf den Tisch. Sie begannen sie auszuwer-
ten. Alle waren Nieten bis auf einen, in dem alle
drei relevanten Fragen angekreuzt waren. „Weißt
du noch, wer das war?", fragte der Professor
freundlich. „Nein!", antwortete Karl, „das steht

doch hinten auf der Absenderadresse." Sie drehten den Bogen um und lasen:

Absender:
Name:        *Alfred Nobel*
Straße:      *Dynamitstraße 1*
Ort:         *Stockholm*

**Meinen Preis wirst Du wissenschaftliches Fossil nie und nimmer bekommen!**
*Alfred Nobel*

„Wer war das?", schrie der Professor und seine Stimme überschlug sich. „Wer wagt es, mich und mein Labor und meine wissenschaftlichen Leistungen so zu beleidigen?" „Ich weiß es nicht", sagte Karl, aber es muss wohl ‚Vor dem Walde' gewesen sein." „Wo soll es denn sonst gewesen sein. Woanders habt ihr doch gar nicht recherchiert!", tobte der Professor, „ich glaube, ich muss mir neue Mitarbeiter bauen oder gentechnisch generieren." So war diese Konferenz, wie so viele Konferenzen, trotz des weißen Haares, das sich als tatsächlich von Albert E. herausstellte, ein echter Flop und das Team stand wieder am Anfang. „Morgen machen wir ein tiefenpsychologisches Täterprofil der Katze, dann haben wir sie bald", beendete der Professor die Konferenz, und das Team ging zu Bett.

Währenddessen, aber in ihrer eigenen Zeit, waren Stella, Lux und Albert E. nicht untätig. „Ich habe mitbekommen im Labor, dass es hier in Waldstadt zwei Gruppen gibt, die wir gegen den Professor einsetzen könnten", sprach Albert E.:

„1. Die ‚militanten' Gentechnikgegner.

2. Die ‚militanten' Tierschützer.

Schicken wir ihnen ein Fax oder eine E-Mail mit dem Inhalt: Im GENTECH Laboratorium Prof. Dr. Dr. Frank N. Stein finden die gefährlichsten und riskantesten Tier- und Genversuche statt. Gentechnische Katze bereits ausgebrochen. Wolf/Mensch-Experiment noch im Qualstadium. Schluss mit den Tierversuchen und gentechnischen Experimenten. Samstag große Demo, 10:00 Uhr vor dem GENTECH Laboratorium Prof. Dr. Dr. Frank N. Stein, Im Walde. Friedliche Demo mit Stock und Stein. Kommt alle! Schluss mit den

Experimenten!" Die Tierschützer bekamen ein Fax, die Gentechnikgegner eine E-Mail.

Das Labor glich einer Festung. Ab 10 Uhr 15, also um das berühmte akademische Viertel verspätet, denn die meisten militanten Tierschützer und Gentechnikgegner waren auch Akademiker, trudelten die ersten Demonstranten ein. Es waren ihrer ca. 200, aber sie selbst behaupteten sie seien 1000. Das Labor lag uneinnehmbar vor ihnen. Hohe Betonmauern ohne Fenster, ohne Öffnungen und in der Mitte ein großes Stahltor.

Relativ zeitgleich fuhr ein neutraler Kleintransporter des Labors durch die Siedlung. Der Fahrer war ein großer, grobschlächtiger Mann, mit einer eckigen Stirn und seltsamen Narben. Der Beifahrer war klein und bucklig, und wenn er lief, dann hinkte er. Sie gingen von Haus zu Haus und verteilten, wenn die Leute eine Katze hatten, großzügig Katzenfutterproben, immer mit der Frage, was für eine Katze sie denn hätten und ob sie diese mal sehen könnten.

Währenddessen begann die Demonstration. Transparente wurden entrollt, Steine und Molotowcocktails flogen, Wurfanker krachten über die Mauern, Leitern wurden angelegt.

Und das alles während Prof. Dr. Dr. Frank N. Stein beim Frühstück saß und überlegte, mit welchem Trick er Zeit und Raum des Verbleibens von Albert E. herausfinden könnte. Gerade wollte er ein genmanipuliertes Frühstücksei köpfen, als ein Stein es traf und diese Manipulation überflüssig machte. Zunächst wurde der Professor sehr wütend. Aber da keiner seiner Mitarbeiter da war, und die Kreatur hätte er jetzt gut gebrauchen können, ließ er seine Wut abklingen, schloss die elektrischen Fenster seines Frühstückszimmers und setzte sodann die automatischen Wasserwerfer in den Außenwänden der Laboratoriumsfestung in Gang. Die Demonstranten fluteten zurück. Der Professor ging zurück an seinen Frühstückstisch und machte den zweiten Versuch, ein Ei zu köpfen. Exakt in der Nanosekunde, in der er zum Schlag mit dem Messer ausholte, wurde es wieder durch einen Stein getroffen. In der Tür stand der

Werwolf, fletschte die Zähne, knurrte, sprang auf den Tisch zu, schnappte sich die Leberwurst und verschwand damit. „Das ist meine Leberwurst!", rief der Professor ihm nach, „hättest du nicht die Salami nehmen können?" „Salami mag ich nicht!", tönte es aus der Ferne zurück, und dann war vom Werwolf nichts mehr zu hören, geschweige denn zu sehen.

Die nassen Demonstranten hatten sich in den Wald zurückgezogen und beratschlagten, was sie gegen die Wasserwerfer ins Feld führen könnten.

Es klingelte bei Bessels. Das war der Familienname von Lux und er ging zur Tür und öffnete. Davor standen zwei Herren, der eine sehr groß und grobschlächtig mit sehr dicken Sohlen unter den Schuhen, der andere klein mit Buckel und einer etwas seltsamen Beinstellung. Freundlich, aber etwas zwanghaft grinsend, die Arme voller Katzenfutter, wünschten sie ihm einen guten Morgen und fragten, ob sie eine Katze hätten. „Nein!", sagte Lux, aber ihm kam der Gedanke, dass sie ja gut was für Albert E. gebrauchen könn-

Die Marktforscher

ten, und er sagte: „Meine Freundin hat eine Katze, könnten Sie mir ein oder zwei Packungen für sie geben?". „Aber sicher, gern!", antwortete der kleine Bucklige. „Natürlich", mit tiefer Stimme der große, starke Viereckige. „Was ist denn das für eine Katze?", fragte der Bucklige. „Ooch, so 'ne ganz normale", erwiderte Lux. „Wie normal denn?", hakte der Große nach. „So normal wie ihr", antwortete Lux. „Das sagst Du nicht nochmal!", brüllte der Große, warf die Futterpäckchen hin und wollte sich auf Lux stürzen. Der Kleine hatte auch seine Packungen hingeworfen und klammerte sich um die Hüften des Großen, so, dass der mitten in der Bewegung gestoppt wurde. „Das war doch nicht bös' gemeint", sagte Lux, „entschuldigen Sie, wenn ich Sie beleidigt habe." Lux dämmerte jetzt, dass diese Beiden bestimmt zum Professor und zum Labor gehörten. Ihm fiel immer mehr auf, wie seltsam sie waren. „Wir sind vom Institut ‚FELIS FELICITAS E.V.' und haben eine wichtige Information für eine Katze namens Albert E. Felis", sagte mit einschmeichelnder Stimme der Bucklige. „Ja, für Albert E.", bestätigte der Riese. „Hier wohnt kein Albert E. Felis", erwiderte Lux bestimmt und schlug die Tür zu. Es gab einen großen Knall, und die Tür fiel ins Haus. Lux konnte gerade noch zurückspringen, um nicht getroffen zu werden.

Albert E. hatte im Garten alles mit angehört und gehofft, Lux würde die Herren schon abwimmeln. „Nichts wie weg!", rief er Stella zu, „aber immer in Deckung, damit sie uns nicht sehen." Sie sprangen über die Hecke und liefen geduckt davon. Riesige Füße mit sehr dicken Sohlen trampelten an Lux vorbei über die Tür in Richtung Garten, gefolgt von einem kleinen Buckligen, der hinkte. Für ihn, Lux, schienen sie kein Interesse zu haben. Der Kleine überkletterte ungeschickt die Hecke, während der Große sie einfach durchschritt. Dahinter verschwanden sie. Lux folgte ihnen, konnte sie aber bald nicht mehr ausmachen. „Hallo Lux!", hörte er hinter sich eine Katzenstimme, „ich bin das große, gefährliche Monstrum und möchte dir relativ herzliche Grüße meines Herrn, dem Professor Dr. Dr. Frank N. Stein, entbieten." „Lass' den Quatsch", sagte Lux, „es ist ernster, als Du denkst. Guck dir die Tür an, was werden meine Eltern dazu sagen?" „Das kriegen wir schon wieder hin", tröstete Albert E. Lux.

Währenddessen war die Schlacht im Walde neu entbrannt. Professor Frank N. Stein allein gegen 200 militante Tierschützer und Gentechnikgegner, die sich aber für 1000 hielten und in der Polizeistatistik mit 600 geführt würden. Sie hatten einige Bäume gefällt und die Wasserwerfer an einigen Stellen außer Kraft gesetzt, Leitern angelegt und waren oben auf die Mauern gelangt.

Der Professor saß derweil mit dem Werwolf, der aber seine Ausbildung noch nicht abgeschlossen hatte, in seinem Büro und verhandelte das Honorar in Leberwursteinheiten für den Beistand im Kampf ums Labor. „Zwei Kilo pro Tag", forderte der Werwolf. „Zuviel! Willst du mich ruinieren? Mehr als ein Kilo pro Tag ist nicht drin!" „Eineinhalb", reduzierte der Werwolf seine Forderung, „darunter mache ich es nicht!" „Eineinviertel, mein letztes Angebot", sagte bestimmt der Professor und schlug mit der Faust auf den Tisch.

Währenddessen kamen die Demonstranten immer näher. Sie waren jetzt auf den Dächern und würden wohl bald ein Fenster finden, das sich öffnen ließe.

„Eineindrittel", entgegnete der Werwolf, „das ist mein allerletztes Wort." „Du nützt meine Notlage schamlos aus", schimpfte der Professor, „aber wir können nicht länger feilschen, die Gefahr ist zu nah." „O.K.!", sagte der Werwolf, „eineindrittel Kilo Leberwurst." Sie gaben sich die Hand, und der Werwolf setzte sein bösestes Gesicht auf und sprang vom Bürofenster aufs Dach. Ein unglaublicher Aufschrei ging durch die Demonstranten: „Der Werwolf ist los!!!" Und schneller hat man noch keine Demonstranten Dächer runterrutschen gesehen.

Karl und die Kreatur rannten durch die Gärten, Blumen und Gemüse zertrampelnd *(besonders der Große)*, fanden aber keine Katze und schon gar keinen Albert E.. Der saß jetzt nämlich auf der eingetretenen Tür und beratschlagte mit Lux und Stella, was sie zu ihrer Rettung tun sollten.

Es war inzwischen Abend geworden, und die Demonstranten waren abbgezogen, denn acht

Stunden Demo sind genug und Überstunden soll-
ten vermieden werden. Karl und die Kreatur fuh-
ren mit ihrem unauffälligen Transporter *(ohne
Werbeaufschrift)* zurück zum Laboratorium.
Chaos und große Graffities begrüßten die beiden
Heimkehrer. Sie betraten das Laboratorium durch
das große elektrisch und elektronisch gesicherte
Stahltor.

„Wir müssen sie mit ihren Waffen schlagen", postulierte Albert E., „sie wollen mich fangen, also fangen wir sie. Und ich werde als Hauptbelastungszeuge die ungesetzlichen Machenschaften in Professor Dr. Dr. Frank N. Steins GENTECH Laboratorium aufdecken. Ich glaube, dass es wirklich für eine Verurteilung reicht." „Glaub' ich auch", bekräftigte Stella. „Aber wie?", fragte Lux. „Wir müssen sie in einem Raum festsetzen, der absolut und nicht nur relativ ausbruchsicher ist, und einen solchen gibt es im Laboratorium, nämlich das Hochsicherheitslabor im Hochsicherheitstrakt mit Unterdruck und Doppelschleusen, elektronisch doppelt gesichert", beendete Albert E. seine Ausführungen. „Dann müssen wir da ja rein", erkannte Stella. „Ja klar!", sagte Albert E.. „Das ist aber gefährlich", warf Lux ein. „Ist es auch", bestätigte Albert E., „der Werwolf soll relativ gefährlich sein, aber ich hab' ihn persönlich nicht kennengelernt, er war noch in der Entwicklung und Ausbildung. Die Kreatur ist sehr stark, aber relativ trottelig, tut alles, was der Professor sagt, ist aber nicht von grundauf böse. Karl, sein Assistent, glaubt an den Professor, bewundert sein Genie und seine Intelligenz, wobei er von relativer Einfalt ist. Ihm fehlt die kritische Distanz. Der Professor ist der Schlimmste, der Kopf des Teams, genial aber böse, relativ verrückt, und er soll schon 150 Jahre alt sein, noch aus dem vorvorigen Jahrhundert, sieht aber immer noch aus wie 50. Aber manchmal merkt man ihm sein Alter doch an. Wie gesagt, wir müssen das bessere Team sein." „Müssen wir!", bestätigte Lux, „wir werden sie schaffen!". „Mein' ich auch", schloss sich die blonde Stella an. Und Albert E. formulierte zwei Fragen, deren Beantwortung die Lösung des Problems beinhalten würde:

1. Wie kommen wir in das Laboratorium, ohne uns zu gefährden?
2. Wie bekommen wir das Horrorteam in das Hochsicherheitslabor, ohne selbst hinein zu müssen?

„Also, das Hochsicherheitslabor hat ein elektronisches Hochsicherheitszugangssystem und eine elektronische Hochsicherheitswarnanlage, die z. B. bei Filterausfall, Belüftungsstörungen, ihr wisst, der Unterdruck, tätig wird. Das Schaltpult für die Schleusen ist außen und nur durch Fingerprint- oder Spracherkennung zu aktivieren", erläuterte Albert E. das System. „Das ist hart", sagte Stella. „Das zweite System ist die Spracherkennung. Nur dem Computer bekannten Stimmbildern wird die Schließsicherung freigegeben", führte die Katze weiter aus, „wir müssen uns entweder einen guten Fingerabdruck, am besten einen Daumen von einem des Horrortrios oder ein Stimmbild, sprich eine Bandaufnahme, beschaffen. Ich glaube, das System ist relativ dumm und kann zwischen einer echten und einer Stimme vom Band nicht unterscheiden." „Also, ich glaube, eine Tonaufnahme auf einem Diktiergerät ist leichter zu bekommen als einen Finger, den ja einer von uns, abhacken müsste. Dabei müssten wir sehr nah an die Herren ran, und die sind ja nicht gerade ungefährlich", merkte Lux an. „O.K.!", sagte Stella,

„versuchen wir eine Sprachaufnahme zu bekommen. Meint ihr, das geht übers Telefon?"
„Ich weiß es nicht, aber wir können es ja versuchen. Wer ruft an?", fragte Albert E.. „Ich bin
für Stella, die kennen sie noch nicht", antwortete Lux. „Bin ich auch", schloss sich die intelligenteste Katze der Milchstraße, vielleicht sogar
des Universums, an.

Das Laboratorium Im Walde hatte natürlich
eine Geheimnummer, aber Stella hatte eine gute
Idee, die rauszubekommen. Sie wählte die Aus-
kunft 11833. „Bitte warten, bitte warten, alle
Auskunftsplätze sind belegt, bitte warten, bitte
warten, haben Sie ein wenig Geduld"... Endlich
wurde einer frei. „Guten Tag, hier ist die Telefonauskunft, Sie wünschen?" „Guten Tag, hier
ist das Sekretariat der Staatsanwaltschaft Waldstadt. Im Zuge unserer Ermittlungen brauchen
wir die geheime Telefonnummer: GENTECH
Laboratorium Prof. Dr. Dr. Frank N. Stein, Im
Walde." Stella versuchte ihrer Stimme einen
selbstsicheren, amtlichen Klang zu geben. Es
klappte. Die Dame von der Telefonauskunft

sagte: „Einen Moment bitte...: GENTECH Laboratorium Prof. Dr. Dr. Frank N. Stein, Telefon: 099 13579 - 0." Stella schrieb sorgfältig mit. „Vielen Dank und auf Wiederhören." Die Nummer hatten sie nun. Jetzt galt es, das Labor anzurufen. „Wir machen jetzt auf Chemiekonzern", schlug Lux vor. „Eine gute Idee", sagte Albert E., „also, Stella ist jetzt wieder Sekretärin, jetzt Chefsekretärin des Vorstandsvorsitzenden des UNIBIO-Konzerns. Wir fragen im Labor an, ob sie für uns, natürlich gegen gutes Honorar, einen etwas außerhalb der Legalität befindlichen Forschungsauftrag durchzuführen bereit sind. Wir fordern das Leistungsverzeichnis und Referenzen des Labors an." Sie formulierten diesen Text unter Anleitung von Albert E., er hatte Terminologie und Jargon im Labor mitbekommen, schriftlich. Stella wählte. Im Labor klingelte die Geheimnummer, die jetzt keine mehr war. Es hob jemand ab. Eine sehr tiefe Stimme meldete sich: „GENTECH Laboratorium Prof. Dr. Dr. Frank N. Stein, guten Tag!" „Guten Tag!", sagte Stella freundlich und bestimmt, „hier ist der UNIBIO-Konzern, Büro

des Vorstandsvorsitzenden Prof. Dr. Dr. Dr. Hartmann. Wir möchten einen gentechnischen Forschungsauftrag vergeben, zugegeben, eine etwas delikate Sache, etwas außerhalb der Legalität, dafür um so besser honoriert. Hinsichtlich der Brisanz, bitte an folgende Deckadresse: Postlagernd, UNIBIO-Konzern, 12345 Waldstadt, Hauptpost, Kennwort: Doppelhelix."
„Wird gemacht", sagte die sehr tiefe Stimme, alles Weitere muss dann persönlich ausgehandelt werden. Der Professor ist gerade sehr beschäftigt." „Vielen Dank und auf Wiederhören", beendete Stella das Gespräch. Das DigiDicta von Lux' Vater war mitgelaufen, diese markante Stimme hatten sie. Sie testeten das Gerät, die sehr, sehr tiefe Stimme klang ihnen entgegen. Die Aufnahme war gut geworden.

„Herr Professor, der UNIBIO-Konzern hat angerufen, sie haben einen etwas illegalen, aber gut dotierten Forschungsauftrag für uns", sagte das Geschöpf. „Geld können wir immer gebrauchen, und etwas außerhalb der Legalität ist unsere Spezialität. Wer war denn dran?" „Die

Sekretärin des Vorstandsvorsitzenden Prof. Dr. Dr. Dr. Hartmann." „Den gibt es doch gar nicht!", schrie der Professor, lief rot an, bekam Schaum vorm Mund und fiel in eine zuckende Starre. Als er wieder erwachte, setzte er sich auf. Seine beiden Mitarbeiter standen bei ihm. „Das war die Katze!", kreischte er, „das hat die Katze, diese verdammte, überkätzische, übermenschlich intelligente Katze angezettelt. Höchste Sicherheitsstufe, Stufe ‚6'!" „Jawoll Professor!", brüllte die Kreatur. „Führen wir gewissenhaft und präzise aus!", bestätigte Assistent Karl. „Der Werwolf muss eingesperrt werden. Fenster verdunkeln, Vollmondgefahr bannen. Alle Türen, Schleusen und Fenster überprüfen. Auf keinen Fall Fremden Zutritt gewähren. Keiner verlässt vorläufig das Labor. Die Vorräte müssten wenigstens vier Wochen reichen." Das waren die Sicherheitsanweisungen des Professors.

„Der Feind ist am schwächsten, wenn er schläft", verkündete Albert E., „darum müssen wie ihn im Schlaf angreifen. Das heißt des

Nachts, wenn möglich um Mitternacht, wenn möglich bei Vollmond, denn da können sie den Werwolf nicht rauslassen, weil er dann relativ unzurechnungsfähig ist, und er sich nicht, aber der Professor ihn auch nicht, unter Kontrolle hat. Also, ich schlage vor, übermorgen ist Vollmond, da greifen wir an. Bis dahin nehmen wir meine Stimme auf einem zweiten Rekorder auf, bauen ihn in eine Plüschkatze ein. Die kaufen wir uns im Spielwarenhandel, machen der Bart und Wuschelkopf, und wenn wir in das Labor eingedrungen sind, ich hoffe, dass das Team dann schläft, öffnen wir das Hochsicherheitslabor. Wir machen auf keinen Fall Licht darin an und platzieren Albert E. II in einer Ecke, stellen das Tonband an und lösen die Alarmanlage aus." „Ein geiler Plan", sagte bewundernd Stella. „Relativ geil", erwiderte Albert E.. „Ich find' ihn supergeil", fügte Lux hinzu, „wir werden das Horrorteam, besonders aber den Professor, ihrer gerechten Strafe zuführen. Aber jetzt lasst uns etwas entspannen, im Fernsehen läuft Frankenstein's Rache." „Geil", sagte Stella, „supergeil", Lux, „relativ geil", Albert E. *(,Absolut geil' gibt es laut Albert E. nicht.).*

Am nächsten Tag fuhren sie in die Stadt. Albert E. nahmem sie in einem von den Nachbarn geliehenen Katzenkorb mit. Im größten Spielwarengeschäft der Stadt gingen sie in die Stofftierabteilung und sahen sich die Stoffkatzen an. Albert E. hatte an allen etwas auszusetzen: Der einen fehlte die Eleganz, Knöpfe im Ohr konnte er überhaupt nicht leiden, eine sah aus wie ein Teddybär, was für eine Katze eine tiefe Kränkung darstellt. Nur eine fand er relativ O.K.. Sie war fast so groß wie er, die Farbe ähnlich und mit Wuschelkopf und Bart konnte ein flüchtiger und nicht allzu intelligenter Betrachter sie für Albert E. halten.

Die Plüschkatze war sehr teuer, und Stella und Lux mussten ihr ganzes Geld zusammenlegen - Albert E. hatte ja keins - um sie bezahlen zu können. Im Bus behauptete Albert E., der Katzenkorb sei nur eine Verformung des Raums und der Bus auch. Stella und Lux baten ihn zu schweigen, denn die Gefahr sei noch nicht gebannt und man wisse ja nie. Aber auch das ist relativ, wie auch die Geschwindigkeit des Busses, gemessen an der Lichtgeschwindigkeit, relativ gering ist. Zu Hause gingen sie in Lux' Zimmer. Albert E. bekam Wasser und die von ihm so geliebten Cat-Stars. Dafür schnurrte er zufrieden, gab jedem ein Köpfchen und dann machten sie sich an die Arbeit. Zunächst machten sie einige sehr typische Ton- und Sprachaufnahmen von Albert E.. Dann trennten sie die Plüschkatze an der Bauchnaht auf, entfernten so viel Holzwolle wie das Diktiergerätvolumen erforderte. Dann schoben sie den DigiDicta hinein und nähten die Naht so weit zu, dass man gerade noch mit einem Finger die Taste zum Ein- und Ausstellen bedienen konnte. Sie machten einen Test und es funktionierte. Jetzt bekam Albert E. II noch Bart und Wuschelkopf aus Watte. Die Lösung gefiel Albert E. zwar nicht so gut, aber aus etwas größerer Distanz sah sie recht echt aus. Morgen Nacht sollte es losgehen. Zur weiteren Einstimmung auf ihr gefährliches Tun sahen sie sich nachmittags noch eine DVD mit dem Werwolf und dem Grafen Dracula an. Aber Albert E. fand beide relativ lächerlich, weil, wie er sagte, es absulut lächerlich nicht gebe. Stella und Lux gingen früh zu Bett. Albert E. saß den größten Teil der Nacht am Fenster und betrachtete den fast vollen Mond und wie er immer voller wurde und den Raum verformte. Noch einmal in der Nacht versuchte er eine Maus zu fangen. Aber es ging wieder schief. Ob sie ihm schmecken würde, wusste er nicht zu sagen, er hatte noch nie eine gegessen. Am nächsten Tag gingen Stella und Lux vormittags zur Schule. Nachmittags bei den Hausaufgaben half ihnen Albert E. und fand alles relativ lächerlich leicht. Der Abend kam . Albert E. bekam Cat-Stars und Wasser, Milch schmeckte ihm nicht, und Stella und Lux aßen Pommes mit Ketchup. Sie boten Albert E. davon an, aber er lehnte dankend ab und behauptete, Menschen würden den Katzengeschmack relativ schlecht verstehen und kennen. So rückte der große Moment immer näher. Lux' Eltern waren für ein paar Tage zu seiner kranken Großmutter väterlicherseits gereist. Das war ihm ganz recht, Sorgen machte er sich nur wegen der Tür, die sie provisorisch aufgerichtet hatten, aber nicht benutzen konnten. Ja, das würde noch Ärger geben! Aber vielleicht bekamen sie ja eine Belohnung, und dann könnte davon die Reparatur bezahlt werden.

Um 22:30 Uhr brachen sie auf. Das Labor lag ca. 10 km entfernt im Wald. Sie fuhren mit ihren Rädern, Albert E. im Hundekorb, den sie von den Nachbarn geliehen hatten, vorm Lenker. Der Vollmond tauchte Landschaft und Wald in ein unheimliches Licht. Sie fuhren von der Siedlung über die Felder auf den Wald zu. Albert E. meinte, eigentlich sei der Mond ein Betrüger, denn das Licht, das er austrahle, reflektiere er nur. Für solche Überlegungen hatten Stella und Lux im Moment keinen Sinn. Jetzt kamen sie in den Wald. Es wurde sehr dunkel, und die kleinen Fahrradlampen warfen nur relativ kleine, schwache Ovale auf den Waldweg. Ein Käuzchen rief. Ein Uhu machte seinem Namen alle Ehre. „Also, hier möchte ich auch nicht leben", kommentierte Albert E. die

Zum Labor

Situation. Sie fuhren weiter. Büsche und Bäume bildeten seltsame, finstere Figuren, in die man alles mögliche hineinsehen konnte. Sie näherten sich dem Labor. Der Vollmond stand darüber und ließ es düster und gefährlich erscheinen. In der Ferne schlug eine Kirchturmuhr halb zwölf. Sie setzten sich auf das Wurzelwerk einer großen, alten Eiche in gebührender Entfernung zum Labor und warteten auf die Mitternacht. „Relativ cool", sagte Stella. „Dem kann ich nur beipflichten", bestätigte Albert E.. „Ich find's sogar richtig kalt", bekräftigte Lux. Sie warteten, und der Mond bewegte sich langsam, immer mehr, genau auf die Mitte des Labors zu. 23:57 lösten sie sich aus dem Schatten der Eiche. Lux trug Albert E. II, Stella den DigiDicta-Rekorder mit der tiefen Stimme der Kreatur. Albert E. ging mit aufgestelltem Schwanz voran. Vor dem großen Stahltor blieben sie stehen. Links war das Stimm- und Fingerprint-Zugangssystem. Stellas Herz schlug schneller. Ihre Hände zitterten, als sie den Rekorder in Höhe der Mikrophonschlitze positionierte. Würde es klappen oder sollte der ganze Aufwand umsonst gewesen sein? Die tiefe Stimme der Kreatur ertönte: „GENTECH Laboratorium Prof. Dr. Dr. Frank N. Stein." Der Computer analysierte das Stimmprofil, konnte aber zwischen echter Stimme und Tonkonserve nicht unterscheiden. Er gab die Sperre frei, und der grüne Knopf unter dem ‚öffnen' stand, leuchtete auf. Lux drückte drauf. Fast lautlos wurde die Verriegelung freigegeben, und Stella öffnete die Personentür in dem großen Stahltor. Sie huschten hinein. Die Tür fiel hinter ihnen ins Schloss. Jetzt waren sie im Innenhof. Alles war ruhig. Nirgendwo ein Licht, außer den Kontrollleuchten des Zugangssystems zum Labor. Albert E., der sich hier relativ gut auskannte, lief voran, Stella und Lux hinterdrein. Sie standen vor der Tür zum Labor. Stella hielt den DigiDicta-Rekorder vor die Schlitze des Stimmerkennungssystems. „Vielen Dank und auf Wiedersehen", sagte die tiefe Stimme mit den dicken Sohlen. Der grüne Knopf leuchtete auf. Lux drückte ihn. Die Tür öffnete sich geräuschlos. Sie betraten das Labor. Die Außentür schloss sich wieder, und sie standen in der Schleuse vor der zweiten Tür, die genau so aussah wie die erste. Wieder drückte Stella den Knopf. Aber keine Stimme ertönte, das aufgezeichnete Gespräch mit der Kreatur war zu Ende. „Jetzt keine Panik", flüsterte Albert E.. Stellas Hände zitterten, Lux stand der Schweiß auf der Stirn. „Spul' zurück und versuch es noch einmal." Stella spulte zurück und drückte erneut den Wiedergabeknopf. Eine tiefe Stimme kam aus dem Lautsprecher: „Guten Tag, GENTECH Laboratorium Prof. Dr. Dr. Frank N. Stein." Der grüne Knopf leuchtete auf. Lux drückte ihn. Die Tür sprang auf. Vorsichtig schritt Albert E. hinein, er kannte den Hochsicherheitstrakt und flüsterte ganz leise: „Alles O.K., kommt." Stella und Lux schlichen auf Zehenspitzen durch die Tür. Wenn jetzt etwas schiefginge, säßen sie in der Falle. „Wir machen nur die Notbeleuchtung an", sagte Albert E., „hier im vorderen Bereich sind die hochreinen Laborarbeitsplätze. Seht das Elektronenmikroskop und die Zentrifugen. Die Käfige sind, durch eine weitere Schleuse getrennt, im hinteren Bereich. Dort habe ich meine Jugend verbracht. Den ersten Teil mit meiner Katzenmutter. Sie war sehr nett, aber, so nach zwei Monaten, haben wir Streit bekommen, weil sie immer alles besser wissen wollte. Da haben sie uns getrennt. Doch wir müssen weiter. Den Werwolf habe ich bis jetzt nicht persönlich kennengelernt." Sie öffneten die Schleuse. Vor ihnen lagen hintereinandergestaffelt die Käfige. Die meisten waren leer. Ganz hinten im allerletzten sahen sie bei der schwachen Notbeleuchtung eine dunkle, menschliche Silhouette. Sie gingen auf den Käfig zu. „Guten Abend, Herr Lupus", grüßte Albert E., „wie ist das werte Befinden?" Die dunkle Gestalt trat näher zum Gitter und sah sie mit traurigen Augen an. „Der Mond, der Vollmond macht mir so zu schaffen. Er versetzt mich in einen somnabulen, manisch-depressiven Zustand und lässt mich nicht schlafen. Das mit der Metamorphose ist übrigens Quatsch. Der Mond, ich meine den Vollmond, hat nur eine psychosomatische Wirkung und lässt die wölfische Komponente meiner Persönlichkeit dominieren", worauf er knurrte und an den Gitterstäben rüttelte. „Bei mir dominiert übrigens die menschliche Komponente. Bitte lasst mich raus, ich halt' es hier

Die Begegnung

nicht mehr aus! Der Schlimmste ist der Professor, sein Geschwätz, seine Eitelkeiten, das ist seelische Grausamkeit, das ist Psychoterror! Auch das mit dem Gebissenwerden bei Vollmond und dann durch die Übertragung der wölfischen Lymphe selbst dem Werwolfschicksal unterworfen zu sein, ist bei mir Unsinn, denn mein wölfischer Anteil ist mit 23,7% viel zu gering." Worauf er wieder knurrte und an den Gitterstäben rüttelte. „Übrigens, mein Name ist: ‚Lupus Canis Hominidis', aber ihr könnt ‚Lupus' zu mir sagen. „Das ist Stella, eine noch nicht ganz reife Menschenfrau, und das ist Lux, die männliche Entsprechung", stellte Albert E. die Kinder vor. „Guten Abend Lupus", sagten Lux und Stella wie aus einem Munde. „Guten Abend", erwiderte der Werwolf, „jetzt lasst mich endlich hier raus. Ihr braucht keine Angst zu haben, ich beiße nicht! Den Schlüssel für den Käfig findet ihr in dem kleinen, in der Wand eingelassenen Metallschränkchen, das ihr so öffnen könnt, wie ihr die Schleuse geöffnet habt." Sie benutzten den DigiDicta als Schlüssel, öffneten das Türchen und vor ihnen hingen fein säuberlich nummeriert die Schlüssel für die Käfige. Der Käfig von Lupus hatte die Nummer 33, also nahmen sie die Nummer 33 und schlossen den Käfig auf. Lupus trat heraus, gab jedem die Hand, verbeugte sich dabei und sagte: „Danke, dass ihr mich gerettet habt. Vielleicht hat einer von euch eine Aspirin, mein Kopf schmerzt immer, wenn Vollmond ist und ich mich errege." „Tut uns leid", entgegnete Albert E., „haben wir leider nicht dabei. Jetzt aber müssen wir gezielt und zügig weitermachen, um unser Projekt zu Ende zu führen!"

Währenddessen schlief das Horror-Trio, jeder auf seine Art und jeder seinen Schlaf. Die Kreatur träumte mal wieder von bequemen Turnschuhen, der Professor von einer neuen Technik, den menschlichen Gencode zu entschlüsseln und dafür den Nobelpreis zu bekommen, und Karl davon, endlich selbst Professor zu werden und sich gentechnisch eine optimale Frau zu generieren. Alles war ruhig im Labor. Die Computer rechneten und Klima- und Filter-

anlage summten leise vor sich hin. Die Kühl-
räume waren kalt, und das genetische Versuchs-
material lag tiefgekühlt bei minus 210° in Edel-
stahlzylindern in flüssigem Stickstoff. Der
Mond zeigte weiter seine immergleiche Seite
und hatte sich seit dem Eindringen von Albert
E.'s Eingreiftruppe 3° weiter nach Süden aus
der Mitte des Labors bewegt. Aber das war nur
relativ und kam auf den Standpunkt des Betrachters an. „Jetzt wird es aber Zeit, den Raum
zu verlassen", sprach Albert E.. Sie verließen
die Käfigabteilung, schlossen die Schleuse und
standen wieder im hochreinen, hochsicheren
Hauptlabor. Lux trug immer noch die Plüschkatze mit dem DigiDicta-Rekorder und Stella
den DigiDicta mit der tiefen Stimme mit den
dicken Sohlen. Jetzt konnten sie auch etwas
genauer das Aussehen und das Outfit des Wolfs-
menschen in Augenschein nehmen. Er war ca.
1,80 groß und von schlanker Gestalt. Kopf und
Gesichtshaare waren graumeliert und bedeckten
gleichmäßig Kopf und Gesicht und ebenso die
Handrücken. Mehr konnten sie nicht sehen,
denn bekleidet war Lupus mit einem grauen

Jogginganzug mit drei Streifen *(übrigens ein Auslaufmodell und Sonderangebot, denn der Professor war sehr, sehr preisbewusst)* und halbhohen Joggingschuhen des größten Konkurrenten der 3 Streifen, auch ein herabgesetztes Tiefpreisangebot. Aber er sah ganz ordentlich aus und der modische Aspekt ist bei Werwölfen eher sekundär.

„Jetzt gilt es Zeit und Raum zu einem funktionierenden Kontinuum zwecks Gefangennahme der unheiligen Dreieinigkeit zu verknüpfen", verkündete Albert E. in Form von Schallwellen in dem endlichen Raum des Labors. Sie platzierten die Plüschkatze in einer Ecke unter einem Edelstahllabortisch, so, dass sie zwar von der Schleuse aus zu sehen, aber eben etwas abgeschattet durch die Tischplatte nicht deutlich erkannt werden konnte. Die Photonen der Notbeleuchtung verbreiteten ohnehin nur ein schummriges, nur der Orientierung dienendes Licht. Sie verließen den Raum, und Lux, der jetzt die Hände frei hatte, drückte den roten Knopf der Warnanlage. Das DigiDicta in Albert

E. II lief an, und man hörte die typischen physikalischen Philosophiereien, unterbrochen von Beschimpfungen des Professors, seiner wissenschaftlichen Leistungen, des Labors und seiner Mitarbeiter der Kreatur und des Assistenten Karl. Die Warnanlage heulte an- und abschwellend auf. Die Warnleuchten blinkten. Es war infernalisch. Albert E., Stella, Lux und Lupus positionierten sich gegenüber im toten Winkel, unsichtbar für jemanden, der von der Schleuse her das Labor betrat. Die Warnanlage war natürlich mit den Schlafzimmern des Horror-Teams vernetzt. Der Professor träumte gerade, wie ihm der Nobelpreis überreicht wurde, als die Warnanlage zu heulen begann und den GAU verkündete. Exakt in dem Moment, in dem ihm die Nobelpreismedaille überreicht werden sollte, mitten in diesem Vorgang, wachte er auf. Verärgert, dass es auch diesmal nicht, nichtmal im Traum, geklappt hatte, sprang er auf, saß auf der Bettkante und sagte nur: „Albert E.!" Die Kreatur, die gerade in der REM-Phase laut schnarchte, hörte noch sah die Warnsignale. Karl, der einen leichten Schlaf, aber keine leichten Träume hatte, er konnte nur auf der Seite schlafen wegen seines Buckels, setze seine träumerischen Experimente ab, sprang aus dem Bett und eilte zum Professor, den er nach seinen Puschen suchend vorfand. Er lag auf dem Bauch vor seinem Bett und versuchte sie unter der gräflichen Ruhestatt zu finden. „Hier sind sie doch", sagte Karl. Sie standen neben dem Nachttopf mit dem gräflichen Wappen, einem Familienerbstück aus der Vor-High-Tech-Zeit. „Danke", sagte mürrisch der Professor, ein kleiner Rest guter, gräflicher Erziehung war noch vorhanden, „weck die Kreatur, die hört wahrscheinlich die Warnanlage wieder nicht."

Sie befanden sich hier in dem ehemaligen Burgteil des Laboratoriums. Karl eilte zum einstigen Verließ und fand die Kreatur laut schnarchend mit heftigen Augenbewegungen unter den Lidern vor. „Dacht' ich mir doch, REM-Phase", sagte der wissenschaftlich geschulte Assistent zu sich, sprang auf das Bett, fasste mit beiden Händen die Schultern der Kreatur und rüttelte sie ganz unwissenschaftlich heftig. Das Geschöpf stellte das Augenrollen ein, brach den

Traum von den unglaublich bequemen Joggingschuhen ab, setzte sich auf und fragte: „Is' was?" „Höchster Alarm!", schrie Karl, „mach dich fertig, wir müssen die Ursache finden. Der Professor ist schon ganz ungehalten!" Die Kreatur zog die Schuhe mit den sehr dicken Sohlen an, sonst brauchte sie nichts anzuziehen, brauchte aber unverhältnismäßig lange, um seine Schuhe zuzumachen und eine Schleife zu binden, wahrscheinlich war die Feinmotorik durch die großen Hände oder durch mikrochirurgisch nicht absolut perfekte Nervenverbindungen gestört. Karl hinkte vor und der Große stapfte hinterdrein zum Schlafgemach des Professors. „Ihr kriegt beide ein neues, ein schnelleres Gehirn", tobte der Professor, „ich mach's nicht mehr mit, mit eurer Lahmarschigkeit schaff' ich den Nobelpreis nie. Zum Hochsicherheitstrakt, los!" Sie eilten durch den Gang, der zum Labortrakt führte. Die Warnleuchten blinkten, die Sirenen heulten. Der Professor voran, dann Karl und dann die Kreatur. „Seid vorsichtig und achtsam, jemand könnte einen Hinterhalt gelegt haben", schärfte der

Professor seinen Mitarbeitern ein. Sie kamen der ersten Schleuse immer näher. Sie war geschlossen. „Wahrscheinlich wieder ein falscher Alarm, wahrscheinlich spinnt die Elektronik mal wieder", dachte der Professor laut. Er hielt seinen Daumen auf die Scheibe des Scanners und der grüne Knopf leuchtete auf. Er drückte ihn und die schwere, luftdichte Tür öffnete sich. Niemand war zu sehen, aber, und das war ungeheuerlich, und von ungeheuerlich verstand der Professor viel, die zweite Tür zum Hochsicherheitstrakt, zum Allerheiligsten, zum Gral der Wissenschaft, stand offen. „Wer war das?", wollte der Professor gerade fragen und den Verantwortlichen zur Rechenschaft ziehen, als er in der hinteren Ecke unter der Edelstahlarbeitsfläche etwas Verdächtiges sah, und das war ja noch toller, eine Stimme hörte, eine ihm bekannte Stimme, die gerade, und das war ungeheuerlich, eine ungeheure Beleidigung gegen ihn, den begnadeten Wissenschaftler aussprach: „Frank N. Stein, dieser Verräter am Ethos der Wissenschaft, wird nie und nimmer, und eher wird eine Masse auf Lichtgeschwindigkeit und

das Licht auf Überlichtgeschwindigkeit be-
schleunigt, als dass er den Nobelpreis bekommen wird!"

Eine ungeheure Adrenalinausschüttung war
die Folge, so dass er keine weiteren Worte mehr
verstehen konnte, nur noch: ‚Albert E.', schoss
ihm durch den Kopf, ansonsten konnte er nur
noch an Rache und Vernichtung dieses nicht
satisfaktionsfähigen Gegners denken. Er sprang,
gefolgt von Karl und dem Monstrum, durch die
Schleuse in den Arbeitsraum des Hochsicherheitslabors. Er warf sich auf den hochreinen
Boden des hochreinen Hochsicherheitslabors
und rutschte vorwärts, dank der muskulären
Beschleunigung seiner Masse, dem infamen
Beleidiger entgegen. Karl und die Kreatur folg-
ten ihm. Er ergriff mit beiden Händen Albert E.
II, der gerade sagte: „Professor Doktor Doktor
Frank N. Stein ist eine Schande und Gefahr für
Evolution und Wissenschaft, aber jetzt wird die-
sem Produkt aus Inzucht und Dekadenz das
Handwerk gelegt. Raum und Zeit haben sich
gegen ihn gewendet."

In diesem Moment, alle drei waren in der Falle, machte Lux die Schleuse zu und schob die Außenverriegelung vor, die für Notfälle oder den Ausfall des Sicherheitssystems gedacht war. Albert E. gab allen ein Köpfchen und schnurrte, und Lupus, da er keinen Schwanz zum Wedeln hatte, sagte ein fröhliches ‚Wuff'.

Das gentechnische Verbrecherteam war jetzt gefangen, und die Albert E.-Truppe konnte sich an die Maßnahmen zur weiteren Unschädlichmachung Frank N. Stein's und Co. machen.

Währenddessen, im Labor, warf Prof. Dr. Dr. Frank N. Stein die Plüschkatze Albert E. II wütend auf den Boden und trampelte, Schaum vor dem Mund, auf ihr herum. Dabei ging der DigiDicta zu Bruch und ein Teil des Wuschelkopfes löste sich. Assistent Karl und die Kreatur standen ratlos dabei. „Wie sind die hier hereingekommen?", schrie hysterisch der Professor, nachdem er eine handvoll Beruhigungspillen genommen hatte. „Ich kann es mir nicht erklären" , sagte mit leiser Stimme Karl. „Ich auch nicht", schloss sich die Kreatur an. „Auf keinen kann man sich verlassen", tobte der Professor, „neue Mitarbeiter werde ich mir bauen oder gentechnisch erzeugen, welche, die absolut, total perfekt funktionieren, welche, auf die man sich wirklich verlassen kann! Wie kommen wir hier überhaupt wieder raus???" „Ich weiß es nicht", erwiderte Karl, „wir, beziehungsweise Sie, haben das damals so geplant, dass im Falle eines GAU's, das Labor von außen verschlossen werden kann, ohne die Möglichkeit, es von innen zu öffnen." Diese Aussage versetzte den Professor in eine seinem Genie adäquate professorale Wut: „Ihr seid entlassen! Alle beide! Und das Gehalt für'n April bekommt ihr auch nicht mehr!". „Ich habe noch nie Gehalt bekommem", sagte die Kreatur vorsichtig, „denn wenn, dann hätte ich mir längst ein paar anständige Turnschuhe gekauft." „Schweig!", schrie der Professor, „diese Diskussion ist absolut unwissenschaftlich, du bist kein adäquater, qualifizierter Gesprächspartner für mich!" „Also rein wissenschaftlich gesehen, habe ich die letzten sechs Monate auch kein Gehalt bekommen", schloss sich Karl der kreatürlichen Beschwerde an. Das war zu viel für den Professor. Er bekam eine Art epileptischen Anfall und lag mit Schaum vorm Mund neben der Plüschkatze Albert E. II und die Ereignisse entwickelten sich gegen den Professor und sein Team und die Wahrscheinlichkeiten für ihn, jemals den Nobelpreis zu bekommen, nahmen rapide ab.

Stella, Lux, Albert E. und Lupus gingen gemeinsam in derselben Nacht zur Polizeihauptwache in Waldstadt. Dem diensthabenden Polizeioberhauptwachtmeister fiel die Kaffeetasse aus der Hand, und der Polizeihauptwachtmeister vertippte sich schwer bei der Aufnahme der Personalien des ortsbekannten Haupttrunkenboldes. „Was ist euer Anliegen?", fragte der Polizeioberhauptwachtmeister und versuchte seiner Frage einen möglichst dienstlichen, die Autorität der Institution unterstreichenden Ausdruck zu geben. Albert E. Felis hüpfte auf den Tresen und begann: „Gestatten, mein Name ist Albert E. Felis, gentechnisch erzeugt im GENTECH Laboratorium Prof. Dr. Dr. Frank N. Stein, Im Walde. Ich bin die

Synthese aus einer blaugrauen Perserkatze und einigen Abschnitten des genetischen Codes von Albert Einstein, 1879 - 1955, Schöpfer der Relativitätstheorie, Genie, Physiker, Nobelpreisträger. Von ihm habe ich meine mathematisch-physikalische Intelligenz und mein Sprachvermögen. Das zweite illegale Experiment, das Sie hier sehen, und das als Beweis für die Anklage von Professor Dr. Dr. Frank N. Stein und seiner Mitarbeiter dienen wird, ist die gentechnische Kombination Mensch/Wolf mit einer gewissen Dominanz Mensch. Sie müssen keine Angst vor ihm haben! Sein Name ist ‚Lupus'."

„Die Polizei hat vor nichts Angst", sagte der Polizeioberhauptwachtmeister und sein Polizeihauptwachtmeister pflichtete ihm bei: „So ist es!" „Bleiben wir bei den Tatsachen, dem Beweisbaren und Objektiven", fuhr Albert E. fort, „wir haben den Professor und seine beiden Mitarbeiter im Hochsicherheitstrakt des GEN-TECH Laboratorium Prof. Dr. Dr. Frank N. Stein festgesetzt, ich glaube, Sie sagen sistiert. In dem Team finden Sie ein weiteres Corpus Delicti, die Kreatur, eine ältere Arbeit des Professors, noch vor den gentechnischen Versuchen, die sie hier sehen, chirurgisch, mikrochirurgisch in Transplantationstechnik mit allen Mängeln, die dieser Technik anhaften. Stella und Lux sind relativ normale Menschen und so gesehen, außer als Zeugen für das folgende Verfahren nicht besonders interessant." „Also, da kommt man kaum mit", stellte der Polizeioberhaupwachtmeister fest, und der Polizeihauptwachtmeister schloss sich ihm an. „Wir müssen die Verdächtigen verhaften und ins Untersuchungsgefängnis schaffen, der Staatsanwalt soll sich mit ihnen rumärgern", entschied der Polizeioberhauptwachtmeister.

Gesagt, getan. In der gleichen Nacht wurden der Professor, Assistent Karl und das Geschöpf, meist ,Die Kreatur' genannt, die heftigsten Widerstand gegen die Festnahme durch die SoKo GK *(Sonderkommission Gen-Kriminalität)* leisteten, ins Untersuchungsgefängnis verbracht.

Die Angeklagten

Die Medien, besonders die Boulevard- und Sensationspresse stürzten sich wie Schakale auf diesen Fall. Versagen der Polizei, Versagen der Justiz schrieen die Schlagzeilen, von einem Skandal ungeheuren Ausmaßes wurde gesprochen, aber, dass man auch, immer an das Anzeigengeschäft denkend, nur Fakten, Fakten, Fakten bringen wolle. Der Professor wurde als Leichenschänder übelster Sorte, sein Geschöpf als gemeingefährlicher Unhold, eine Gefahr für uns alle und Assistent Karl als hinterhältiger, nur an seine Karriere denkender Opportunist bezeichnet. Man forderte: Schluss mit allen gentechnischen Experimenten, allen Tierversuchen – mit der ganzen Wissenschaft. Die Gentechnikgegner fühlten sich bestätigt, reklamierten den Fahndungserfolg für sich und hatten schon immer alles gesagt und gewusst. Die militanten Tierschützer diskutierten an ihren Infoständen, aber auch den Ortsvereinsabenden, ob Albert E. *(der natürlich viel intelligenter als sie war)* und der Werwolf unter das Tierschutzgesetz fielen und ob man es für die Zukunft und solche Fälle ändern müsse. Edel und gemeinnützig gab sich die Presse, machte Sammlungen für Albert E., den sie eigentlich nicht leiden konnten, für den Werwolf, besonders hinsichlich seiner beruflichen Zukunft, und für das Geschöpf für einen flotten Jogginganzug und ein Paar Basketballschuhe im modischen Alien-Look. Die Konservativen gaben dem allgemeinen Sittenverfall und dem zu geringen Einfluss der Kirchen die Schuld und hofften auf Wählerstimmen aus diesem Lager. Und verlangten eine strenge Bestrafung, die volle Ausschöpfung des Gesetzes. So kochte sich jeder sein Süppchen. Der Generalstaatsanwalt und seine Mitarbeiter, ein Oberstaatsanwalt und zwei Staatsanwälte arbeiteten an der Anklageschrift.

Die Kriminalpolizei ermittelte unter Leitung des zuständigen Kriminalrates, eines Kriminaloberhauptkommissars, mehrerer Kriminalkommissare und Kriminalkommissarinnen und diverser Assistenten und -innen. Die Aktenberge wuchsen. Gutachter, die Professor Dr. Dr. Frank N. Stein für völlig unqualifiziert hielt, wurden bestallt. Und die Aktenberge wuchsen weiter und wurden zum Gebirge. Der Gaststätten- und Hotelverband von Waldstadt verzeichnete eine signifikante Zunahme der Übernachtungen. Die Zeit, die relativ knappe, flog dahin, und das Hauptverfahren rückte immer näher. Die Verteidiger protestierten ob der zu kurzen Vorbereitungszeit und ungenügender Akteneinsicht, betonten das Nichtverschulden der Angeklagten und die von der Staatsanwaltschaft manipulierten Zeugenaussagen.

Der berühmte Psychoanalytiker, Wissenschaftler, Schriftsteller, Gutachter und Beinahenobelpreisträger Professor Dr. Dr. Dr. h.c. S. Freund aus Wein wurde von der Verteidigung beauftragt, den Prof. Dr. Dr. Frank N. Stein zu gutachten. Das war das Sahnehäubchen auf dem Aktengebirge.

Der Prozess begann. Unter dem Vorsitzenden Dr. Nachtwächter, der Beisitzerin Dr. Frauenschön und dem Beisitzer Dr. Hartmann.

Prof. Dr. Dr. Frank N. Stein hatte den berühmten Staranwalt Dr. Possi *(erfahren in vielen Schicki-Micki-Schlachten)* engagiert.

Karl und das Geschöpf hatten einen Pflicht-verteidiger, da sie über keinerlei eigene finanzielle Mittel verfügten.

Albert E. Felis, Stella, Lux und der Werwolf waren als Zeugen geladen. Der Werwolf auch als Beweisgegenstand. Der Gerichtssaal war voll. Anwesend waren: Die Presse unterschiedlichster Couleur, das Fernsehen, die Öffentlich - Rechtlichen und die Privaten, die militanten Tierschützer, die militanten Gentechnikgegner, die Eltern von Stella und Lux, der Oberhaupt-kriminalkommissar und seine Assistentinnen und Assistenten, eine Kombination bekannt aus vielen Fernsehserien, Vertreter der Parteien aller Farben, Neugierige, der Zoodirektor, Transplantationsfreunde und -gegner, der Vorsitzende des Tierschutzvereins, die beiden großen Kirchen sowie eine sich wissenschaftlich gebende Sekte.

Die Identität der diversen Prozessteilnehmer wurde geprüft. Schwierigkeiten gab es bei dem Geschöpf, ihm wurde ein Ausweis auf den Namen des Spenders seines Gehirns, aus den Unterlagen des Labors, ausgestellt. Dem Werwolf wurde sein menschlicher Genspender zum

Namensgeber des vorläufigen, provisorischen Behelfsausweises, Gültigkeitsdauer 3 Monate. Albert E. Felis bekam, man war großzügig, einen Ausweis auf diesen Namen. Der Ausweis von Karl war natürlich seit 20 Jahren abgelaufen und der von Professor Dr. Dr. Frank N. Stein stammte aus dem Jahr 1879, dem Geburtsjahr von Albert Einstein. Ein gewisser Marktwert, ein berühmter Pressemann wollte ihn dem Professor abkaufen, aber da war er an den Falschen geraten.

Das Verfahren wurde eröffnet. Nach den Eingangsritualen erteilte der Vorsitzende Dr. Nachtwächter dem Staatsanwalt Dr. Horn das Wort, und der verlas die Anklage: „Prof. Dr. Dr. Frank N. Stein, Sohn des Baron Frankenstein, Besitzer und Geschäftsführer des GENTECH Laboratorium Prof. Dr. Dr. Frank N. Stein, Im Walde, wird angeklagt wegen:

§ Störung der Leichenruhe in 123 Fällen.
§ Störung der Friedhofsruhe in 123 Fällen.
§ Leichenschändung in 123 Fällen.
§ Organtransplantationen ohne

Genehmigung der Betroffenen.

§ Menschenversuchen in Tateinheit mit Tierversuchen.

§ Tierversuche in Tateinheit mit Menschenversuchen.

§ Tierquälerei in wenigstens zwei Fällen.

§ Ungenehmigten Gentechnikexperimenten.

§ Steuerhinterziehung in 73 Fällen.

§ Beschäftigung von Niedriglohnbeziehern ohne Abführung der Sozialabgaben.

§ Ungenehmigter baulicher Veränderung einer denkmalgeschützten Burgruine im Walde.

§ Führen eines falschen Namens."

Dr. Horn erhob sich, trat in die Arena zwischen Richterempore und den Bänken der Angeklagten, der Zeugen, der Verteidiger und des Publikums. Beifallheischend sah er in die Runde und begann sein Plädoyer:

„Nie sah man Taten von solcher Gemeinheit, alle menschlichen und moralischen Grenzen wurden überschritten: Die Friedhofsruhe, die Leichenruhe, Leichenschändung in 123 Fällen,

Organtransplantationen ohne Genehmigung der Betroffenen, Menschenversuche in Tateinheit mit Tierversuchen, Tierversuche in Tateinheit mit Menschenversuchen, Tierquälerei in wenigstens zwei Fällen, ungenehmigte Gentechnikexperimente mit schrecklichsten Folgen, Steuerhinterziehung in 73 Fällen, ein Abgrund krimineller Energie, Beschäftigung von Niedriglohnbeziehern, Ausbeutung von Abhängigen bei gleichzeitiger Unterschlagung der Sozialabgaben, ungenehmigte bauliche Veränderung einer Burgruine im Walde, Nutzungsänderung, Zerstörung unseres kulturellen Erbes, Führen eines falschen Namens zwecks Täuschung der Öffentlichkeit und der Verschleierung krimineller Taten. Ganz zu schweigen vom Verstoß gegen den Eid des Hippokrates, die ärztlichen Standesregeln, das gesunde Volksempfinden, das Ethos der Medizin, das Ethos der Biologie, der Evolution, des Universums, ja gegen das Heiligste von Religion und Kirche. Nie und nirgends wurden je abscheulichere Taten begangen. Darum fordere ich für Professor Frank N. Stein die Höchststrafe: 15 Jahre Gefängnis mit anschließender Sicherungsverwahrung." Für Karl Wollstein, Assistent des Professors, den er weitausholend der Mit- und Beihilfe in all dem Professor zur Last gelegten Taten und der Unterstützung einer kriminellen Vereinigung beschuldigte und einer niederen opportunistischen Gesinnung zieh, 10 Jahre Haft und für das Geschöpf, weil es ja unwillentlich vom Professor und Karl seinem Assistenten geschaffen wurde, das als mildernden Umstand berücksichtigend, die Einweisung in eine geschlossene Heil- und Pflegeanstalt, unter der Auflage, an einer Therapie teilzunehmen. Das Ganze endete in der pathetischen Forderung: „Die Gesellschaft muss vor solchen Elementen geschützt werden!" Das Publikum klatschte. Der Vorsitzende drohte den Raum *(hier ein physikalisch-juristisches Kontinuum)* zu räumen. Der Verteidiger Dr. Possi ergriff das Wort: „Hohes Gerücht, liebe Angeklagten, verehrtes Publikum: Wir alle sind Opfer unserer Vergangenheit, hatten eine schwere Jugend. So auch diese Angeklagten, besonders aber der Hauptangeklagte Prof. Dr. Dr. Frank N. Stein." Er schilderte lang und breit und voller Pathos seine ganze seelenerweichende Rhetorik einsetzend, Jugend und Werdegang des Hauptangeklagten, und das Publikum und das Gericht waren zu Tränen gerührt. „Ein genialer, ein begnadeter Wissenschaftler, noch in der Wissenschaftstradition des vorvorigen Jahrhunderts und immer noch forschend zum Wohle der Menschheit, gegen die Widerstände neidischer, intriganter Kollegen und des Wissenschaftssystems. Seine wissenschaftlichen Leistungen und Erfolge sind einsame Spitze, keiner kann ihm da das Wasser reichen und den Nobelpreis, ja den Nobelpreis, den hätte er längst..." Weiter kam er nicht, denn der Professor war aufgesprungen und schrie: „Den Nobelpreis, ja den Nobelpreis, den habe ich verdient, statt hier vor diesem Gericht, diesem völlig unqualifizierten, völlig unwissenschaftlichen Gericht..." Der Hammer des Vorsitzenden hämmerte wie wild und übertönte die weiteren Beschimpfungen des hohen Gerichts. „Schweigen Sie, sonst lasse ich Sie des Saales verweisen, und lassen Sie Ihren Verteidiger, der Ihre Interessen wahrlich wahrnimmt, seine Rede zu

Ende führen!'", wies der Vorsitzende den Angeklagten zurecht. Verteidiger Dr. Possi entschuldigte sich für das ungebührliche Verhalten seines Mandanten und gab zu verstehen, dass man bitte auch das Alter, welches ja vor Torheit nicht schützt, die Gesellschaft, die gesellschaftlichen Widerstände berücksichtigen möge, und im Übrigen halte er seinen Mandanten für einen begnadeten Wissenschaftler und für nicht schuldig. Der Großteil seiner Taten, begangen im vorvorigen und vorigen Jahrhundert, sei verjährt und man solle nicht den Schnee von gestern... und genau hier riss ihm der Faden, denn im Sinne der stattgefundenen Störung hatte er seine Verteidigungsrede nicht aufgebaut.

Zwischen den Gentechnikgegnern und den ‚militanten' Tierschützern war ein Tumult ausgebrochen und obwohl beide Gruppen immer wieder ihre Gewaltlosigkeit betonten, war hier, wie auch bei der Demo vor dem Labor, der Fall der Notwehr eingetreten, und Gewalt erlaubt. Beide Gruppen schlugen und traten aufeinander ein, wobei auch etliche Unbeteiligte, die zwischen die Fronten geraten waren, nicht erkannt wurden und Prügel bezogen. Der Hammer des Vorsitzenden trat in Aktion und die Beisitzerin Dr. Frauenschön, die ihrem Namen keine Ehre machte, kreischte hysterisch den Obergerichtsdiener an: „Räumen Sie den Saal!!!" Der Saal wurde geräumt und die Verhandlung vertagt. Genau eine Woche später wurde die Verhandlung fortgesetzt. Star- und Prominentenanwalt Dr. Possi führte seine Verteidigungsrede entsprechend seiner Verteidigungsstrategie, diesmal ohne Störung, zu Ende. Zum Schluss betonte er nochmals, dass sein Mandant, aber auch seine Mitarbeiter, sich keiner Schuld bewusst seien, ganz im Gegenteil davon überzeugt seien, dass ihnen die gesamte Menschheit zu Dank verpflichtet sei, denn so wie Prof. Dr. Dr. Frank N. Stein habe niemand zuvor den Fortschritt der Chirurgie, der Mikrochirurgie und nicht zuletzt den der Gentechnik vorangebracht. Man besehe sich die hervorragenden Leistungen hier im Saal. Undank sei nun mal der Welt Lohn und man solle doch das hohe Alter des Hauptangeklagten bei seiner Entscheidung berücksichtigen. Ansonsten sei der Fall nur durch einen wirklich kompetenten und qualifizierten Gutachter zu beurteilen und dafür sei nur einer prädestiniert: Prof. Dr. Dr. S. Freund aus Wein, der berühmte Psychiater, Wissenschaftler, Schriftsteller, Medienstar und Beinahenobelpreisträger.

Die Pflichtverteidiger hielten ihre Verteidigungsreden. Der von Assistent Karl betonte die schwache und unausgereifte Persönlichkeit desselben, dessen wirtschaftliche Notlage, die der Professor ausgenutzt habe, die schlechte, oft sogar fehlende Entlohnung, seine Behinderung und seine verblendete Bewunderung für den Professor, die ihn in eine Hörigkeitssituation gebracht habe und mit dem Professor sei auch nicht zu spaßen, wie oft hätte er seinen Mitarbeitern Gehirntransplantationen und noch Schlimmeres angedroht.

Der Verteidiger des Geschöpfs schloss sich dem an, wollte aber noch anfügen, dass die Situation seines Mandanten eine noch hoffnungslosere gewesen sei. Er sei das Geschöpf des Professors, der Professor sein Schöpfer, gewissermaßen ein Kind - Elternverhältnis, er habe sich nie emanzipieren können. Alle Ansätze, als Beweis, der Wunsch nach Turnschuhen, sei nie erfüllt worden, ganz im Gegenteil, habe schwerste Repressalien von Seiten des Professors nach sich gezogen. Darum sei sein Mandant im Sinne der Anklage total unschuldig, da er die gesetzeswidrige Dimension seines Tuns oder des Tuns der Gruppe gar nicht hätte erkennen können, zumal er intellektuell und gefühlsmäßig auf der Stufe eines 8-Jährigen stünde.

Es wurde weiter angeklagt und verteidigt, je nachdem, welche Rolle Wahrscheinlichkeit und Zufall für wen beschlossen hatte. Die zweite Sitzungswoche ging zu Ende, und in der nächsten sollte die Zeugeneinvernahme beginnen. Die dritte Verfahrenswoche nahm ihren Lauf. Zunächst wurden einige unwichtige, sich dafür aber umso wichtiger gebärdende Zeugen vernommen: Der Kriminaloberhauptkommissar, einer der wichtigsten Fernsehberufe, und das gab er auch zu verstehen. Dann der Kriminalhauptkommissar und sein Kriminalassistent. Dann kam Lux dran. Er versuchte die Geschichte so genau wie möglich zu schildern, wobei er sich einige Male, infolge der Aufregung, in unwesentliche Widersprüche verwickelte, die die Verteidigung, besonders Star- und Prominentenanwalt Dr. Possi, begierig für seine Verteidigung, mit dem entsprechenden Pathos, aufgriff. Dann betrat Stella den Zeugenstand. Sie schilderte das Kennenlernen Albert E.'s, den Kampf gegen das Horror-Team und dessen Gefangennahme aus ihrer Sicht, wobei sie wiederholt den großen, wenn nicht entscheidenden Anteil Albert E.'s betonte, was von den Profis der Polizei weitgehends, wenn nicht gar absichtlich, vergessen worden war. Dann hüpfte Albert E. in, besser auf den Zeugenstand, was eine gewisse Unruhe im Raum-Zeit-Kontinuum des Gerichtsaals, man könnte es auch Heiterkeit nennen, auslöste, was den Hammer des großen Vorsitzenden und die Drohung, den Saal räumen zu lassen, zur Folge hatte.

Der Staatsanwalt schritt zur Vernehmung der gentechnischen Kombination einer blaugrauen Perserkatze und einigen Genen des berühmten

Erfinders der Relativitätstheorie: „Herr Felis, was sind ihre ersten Erinnerungen an das GEN-TECH Laboratorium und die drei Angeklagten?". Albert E. schilderte seine Erinnerungen ab dem frühesten Zeitpunkt, an dem sie einsetzten, und das ist bei Katzen wesentlich früher als bei Menschen: „Meine Mutter war eine hübsche, aber relativ einfältige blaugraue Perserkatze. Sie war eine gute und herzliche Katzenmutter bis zu der Zeit, wo sich meine einsteinsche Intelligenz zu regen begann und es zu weltanschaulichen Differenzen zwischen uns kam. Wir stritten immer öfter und immer heftiger, sie war sehr rechthaberisch, ich aber auch, und Sie können sich vorstellen, dass meine Vorstellung von der Welt schon richtiger war, allein schon auf Grund meiner erblichen Disposition. Jedenfalls, die Herren vom Labor sorgten sich um ihr Experiment und trennten uns. Von diesem Zeitpunkt an wurde ich von Karl, der sehr nett zu mir war, er mag Katzen, mit dem Fläschchen, später mit verdünnter Milch und Katzenfertignahrung, erst der speziellen für die junge Katze, dann der allgemeinen, wie bei der

Entstehung der beiden Relativitätstheorien, großgezogen. Das Geschöpf, der Große mit den dicken Schuhen und den dicken Sohlen, war für mein Katzenklo und die Sauberkeit im Käfig verantwortlich. Er machte es relativ gut, denn auch hier kommt es auf den Standpunkt des Betrachters an." An dieser Stelle der Ausführungen entstand Unruhe im Raum-Zeit-Kontinuum des Gerichtsaales an der Stelle, wo das Geschöpf mit seinem Pflichtverteidiger in seinem eigenen Kraftfeld saß. Es sprang auf, beziehungsweise zog sich an der Brüstung hoch, dass diese laut krachte und fast dabei abbrach, und mit tiefer Stimme brüllte: „Ich lass' mich hier nicht von einer eingebildeten Katze verspotten, und zu meinen Schuhen, zu meinem Outfit, wie zu meiner ganzen transplantationstechnisch hergestellten Person kann ich nichts – der Professor..." Weiter kam das Geschöpf nicht. Der Professor sprang über die Brüstung und schrie, auf das Geschöpf einschlagend: „Du undankbares Geschöpf, du undankbare Kreatur, ich habe dich geschaffen, dankbar solltest Du sein, die ganze Welt sollte mir dankbar sein!!!"

Der Hammer des Vorsitzenden hämmerte wie wild auf den Tisch und er schrie: „Räumt den Saal, räumt den Saal!!!", und die Gerichtsdiener räumten den Saal.

Nach einer relativ kurzen oder langen Unterbrechung, je nach Standpunkt des Betrachters, wurde die Verhandlung fortgesetzt. Es wurden noch etliche weniger wichtige und unwichtige Zeugen vernommen, und das Bild des Falles war am Ende der dritten Vehandlungswoche klarer und unklarer zugleich, je nach Standpunkt des Betrachters.

Orale Phrase

# DER GUTACHTER

Die Stunde des berühmten Psychoanalytikers, Therapeuten, Schriftstellers, Medienstars, Beinahenobelpreisträgers und Gutachters war gekommen, um die Tiefen und Abgründe der Seele des Hauptangeklagten Prof. Dr. Dr. Frank N. Stein, der natürlich den allseits anerkannten Kollegen als total inkompetent und wissenschaftlich als Scharlatan bezeichnete, sowie der beiden Mitangeklagten Assistent Karl und die Kreatur, jetzt benannt nach seinem Hirnspender Namens Hinterhuber, zu gutachten.

„Hohes Gericht", begann Gutachter Prof. Dr. Dr. S. Freund, „unser aller Seelen sind tief und voller Abgründe. So auch die des genialen Wissenschaftlers Prof. Dr. Dr. Frank N. Stein, der getrieben durch krankhaften, übersteigerten Ehrgeiz, verbunden mit Genialität und Skrupellosigkeit, hervorgerufen durch ein überstarkes Überich, dem Ich seines Vaters, des berühmten Baron Frankenstein, der das beklagenswerte Kind von frühester Kindheit an durch übertriebene Anforderungen und Erwartungen, beginnend schon auf dem Topf mit dem gräflichen Wappen, in der analen Phase und andererseits durch übertriebenes Lob, zum Beispiel für ein erfolgreich abgeschlossenes Geschäft auf demselben, verbunden mit einem zu frühen Absetzen von der Mutterbrust, in der oralen Phase auf Befehl des Barons, entstand ein extrem widersprüchlicher, nahezu schizoider Charakter seiner Persönlichkeit. Er ist eine vom Überich, dem verinnerlichten Ich seines Vaters getriebene Persönlichkeit. Auch sein krankhafter Wunsch nach dem Nobelpreis, und das kann ich verstehen, nach wissenschaftlicher Anerkennung, verbunden mit unbefriedigten oralen Bedürfnissen auf Grund zu frühen Absetzens von der Mutterbrust, liebt er kompensatorisch Leberwurst, ja ist süchtig danach, was wiederum ein Unbehagen in der Kultur, daraus folgernd Rachegefühle gegen dieselbe auslösend, die ihn wiederum zu höchsten wissenschaftlichen, aber auch gesetzeswidrigen Taten, die er aber als solche nicht erkennt, antreiben. Hochbegabt, genial, aber unzurechnungsfähig, leicht dement und etwas senil, man bedenke sein hohes Alter, ist er für seine Taten nicht verantwortlich!" Ein gewaltiger Aufschrei ging durch den Saal: „Nicht verantwortlich, Sie sind nicht verantwortlich, Sie oral-analer Tiefenheini, Sie unwissenschaftlicher Seelenspekulant, ich habe viele Hirne transplantiert und keine Seele gefunden, Ihnen sollte man ein neues Gehirn einsetzen mit Elektroden zur Dauerstimulation ihrer analen und oralen Bereiche, so ein Seelenschwafler kann doch mir, dem genialen Wissenschaftler, der schon längst den Nobelpreis verdient hätte, aber durch Leute wie Sie nicht bekommt, das Wasser reichen."

Der Vorsitzende hatte diesmal die Verfahrensstörung geduldet. Erst jetzt setzte er seinen Hammer in Bewegung und gab die aus Film und Fernsehen bekannte Drohung ab, den Saal zu räumen. Wider Erwarten beruhigte sich der Professor und mit ihm das lokale Raum-Zeit-Kontinuum. Das Verfahren konnte weitergehen, und der berühmte Gutachter schloss seine Analyse des Hauptangeklagten mit den Worten: „Hier ist nichts mehr hinzuzufügen, und übrigens liegt mein Gutachten dem hohen Gerichte auch schriftlich vor." Mit einer längeren und unnötigen Überleitung, in der er seine wissenschaftlichen Erfolge, seine Kompetenz und sein Genie herausstellte, begann er mit dem Gutachten des Geschöpfs, der Kreatur, des Monstrums, jetzt nach seinem Hirnspender Hans Hinterhuber geheißen. Er konnte sich nicht verkneifen zu bemerken, dass der Name schon alles sage, und man hätte doch ein besseres Gehirn verwenden sollen und hätte sich so manchen Ärger mit Herrn Hinterhuber erspart. Diese Aussage wiederum löste bei Professor Dr. Dr. Frank N. Stein einen weiteren gewaltigen Zornesausbruch aus. Mit Androhung aller gerichtlichen Disziplinarstrafen, jetzt sogar einer Geldstrafe für den Angeklagten, worauf dieser sofort ruhig wurde, denn auf Geld reagierte der Professor sehr sensibel. Also nun kurz in wörtlicher Rede die Quintessenz des Gutachtens über das Geschöpf: „Die Psyche, die Seele des Geschöpfes, Entschuldigung, Herrn Hinterhubers, leidet unter einem Transplantationstrauma. Wie sie ursprünglich einmal war, lässt sich mit Sicherheit nicht mehr sagen, aber wie bereits angedeutet, war das Gehirn bestimmt nicht das intelligenteste und wahrscheinlich wurden bei der Transplantation gravierende Fehler gemacht." „Ich mache nie Fehler!!!", schrie der Professor, „in meiner wissenschaftlichen Arbeit!" Der Hammer des Vorsitzenden machte dieser Unterbrechung ein Ende und der Gutachter gutachtete weiter: „Das Geschöpf, äh, Entschuldigung, Herr Hinterhuber hat Angst vor dem Professor und diese Angst zu einem monströsen Überich verinnerlicht, und in Zusammenwirkung mit seiner hysterischen Angst vor Feuer beherrscht der Professor sein Geschöpf als willenloses Werkzeug. Ansonsten ist es ein getriebenes Wesen, auf der oralen Stufe stehend mit einem relativ niedrigen IQ, so dass es, beziehungsweise sein Es, das Unrecht seiner Taten nicht erkennt und für sie nicht verantwortlich ist. Die Verantwortung trägt der Professor, der ja wiederrum die Anweisungen und Befehle gibt, für die er ja wiederum nicht verantwortlich zeichnet. Der Normalste, wenn es normal überhaupt gibt, von den Dreien ist Karl Wollstein, den sich aber der

Professor durch seine überaus starke Persönlichkeit, und die kann man ihm wirklich nicht absprechen, und durch Versprechungen und Drohungen, hörig gemacht hat. Auch die Hoffnung selber einmal Professor zu werden, vielleicht ein berühmter Wissenschaftler. Er ist ein getriebener Opportunist und hat immer versucht, um seiner Karriere willen dem Professor alles recht zu machen. Das Unrecht der Taten des Professors und daraus folgend seiner Taten hat er immer erkannt. Er ist der Einzige, der für seine Taten verantwortlich ist." Der berühmte Gutachter bedankte sich bei dem hohen Gericht, auch für dessen Geduld, und betonte nochmals seine gutachterische Unabhängigkeit und Unfehlbarkeit. So schloss die vierte Verhandlungswoche erfolgreich ohne Tumult, und in einer Woche sollte nach ausgiebigen Beratungen des Hohen Gerichts das Urteil gesprochen werden. „Relativ verrückt, beinahe absolut, aber das gibt es ja nicht", sagte Albert E.. Das fanden Stella und Lux auch, und sie machten sich auf den Heimweg. Unterwegs kauften sie sich ein Eis, wollten auch Albert E. eins kaufen, aber der wollte keins. Er gab beiden ein Köpfchen und lief fröhlich nach Katzenart mit hochgestelltem Schwanz vor ihnen her. Zuhause bekam er Cat-Stars und Wasser, schnurrte zufrieden, putzte sich ausgiebig und verschlief den Nachmittag, denn Katzen sind nachtaktiv, im Sessel von Lux' Vater, der bei der Arbeit war. Abends wollte er die Sterne betrachten, aber der Himmel war bedeckt, und so konnte er die Nacht auch zum Schlafen verwenden. Die Woche bis zur Urteilsverkündung verging ohne Zwischenfälle. Relativ langsam, je nach dem Grad der Betroffenheit, und für jeden in seiner eigenen Zeit und in seinem eigenen Raum. Albert E. erkundete seinen lokalen Raum, denn Katzen sind reviertreu, half nachmittags Stella und Lux in Physik und Mathe bei den Hausaufgaben. Ein paarmal bekamen sie Streit, den Albert E. schlichtete. Sie unterhielten sich viel mit ihm und gewannen sogar eine gewisse Vorstellung von der Relativitätstheorie, ohne zu begreifen, wofür die gut sei, und die Zeit beschleunigte sich um so mehr, je näher der Prozess kam. Albert E. versuchte ihnen die Relativität der Zeit durch folgendes

Bild zu vermitteln: Wenn Lux neben Stella auf dem Sofa sitzt, vergeht die Zeit relativ schnell. Müsste er die gleiche Zeit neben dem Monstrum Prof. Dr. Dr. Frank N. Stein's auf dem Sofa sitzen, verginge sie relativ langsam. Das leuchtete ihnen irgendwie ein, aber so ganz, fanden sie alle, stimme der Vergleich doch nicht. Und die Zeit bis zur Urteilsverkündung verging relativ schnell.

Das Gericht unter seinem Vorsitzenden Dr. Nachtwächter und der Beisitzerin Dr. Frauenschön und des Beisitzers Dr. Hartmann hatte den Fall ausgiebig beraten und war beinahe einstimmig zur Urteilsfindung gelangt. *(Dr. Hartmann, der auch in der Rechtssprechung seinem Namen alle Ehre machen wollte, war mit dem beschlossenen Strafmaß nicht zufrieden.)* Der Vorsitzende eröffnete die Verhandlung und verkündete die Urteile:

„Professor Dr. Dr. Frank N. Stein, geboren 1848 als Sohn Baron Viktor Frankenstein's und seiner Frau Elisabeth, seit 1918 widerrechtlich als Frank N. Stein auftretend, ist angeklagt wegen folgender Vergehen:

1. Die Vergehen Leichenschändung und Leichenraub, die Störung der Friedhofsruhe, Friedhofsschändung, die ungenehmigten und ungesetzlichen chirurgischen Experimente, begangen noch im 19ten Jahrhundert und vor 1950 sind verjährt.

2. Die Vergehen gegen das Tierschutzgesetz,

Im Namen des Volkes

gegen das Gentechnikgesetz, das Experimentieren mit menschlichen und tierischen Genen, die Beweise sehen Sie hier im Saal, das Beschäftigen von Niedriglohnbeziehern ohne Abführen der Sozialabgaben, Steuerhinterziehung seit Bestehen des Rechtsstaats, Widerstand gegen die Staatsgewalt bei der Festnahme, als mildernder Umstand bei der Bemessung des Strafmaßes das hohe Alter des Angeklagten. Im Namen des Volkes wird Prof. Dr. Dr. Frank N. Stein zu einer Freiheitsstrafe von 15 Jahren und zur Tragung der Kosten des Verfahrens verurteilt. Wegen Genialität in Verbindung mit Unzurechnungsfähigkeit und wegen der besonderen Schwere des Falles zur anschließenden Sicherungsverwahrung in einer geschlossenen Heil- und Pflegeanstalt."

Das zweite Urteil wurde verkündet: „Im Namen des Volkes: Herr Hinterhuber, auch genannt die Kreatur, das Geschöpf, das Monstrum, hat sich der Beihilfe in zwei Fällen verbotener genetischer Experimente, ältere Taten sind nur schwer nachweisbar, schuldig gemacht. Da er aber durch seine verminderte

Zurechnungsfähigkeit die Tragweite seines Handelns und seiner Taten nicht abzuschätzen im Stande war, verfügt das Gericht Sicherungsverwahrung in einer geschlossenen Anstalt und die Trennung von Schöpfer und Geschöpf." Ein lautes Aufschluchzen ging durch den Gerichtssaal. Das Geschöpf weinte bitterlich, schluchzte zuckend und dicke, dicke Tränen liefen über seine narbigen Wangen. „Ich will beim Professor bleiben", wimmerte es, „er ist mein Vater!". Die Urteilsverkündung wurde kurz unterbrochen und der Vorsitzende merkte an, dass in dem Punkt der Trennung noch Korrekturmöglichkeiten bestünden.

Dann wurde das Urteil Karl Wollstein verkündet: „Im Namen des Volkes wird Karl Wollstein wegen Beihilfe bei ungenehmigten und ungesetzlichen gentechnischen Experimenten in Tateinheit mit Tier- und Menschenversuchen, deren Tragweite und Gesetzeswidrigkeit er voll einschätzen konnte, die er aber aus Hörigkeit und Karrieresucht voll unterstützte, und wegen besonderer Schwere der Taten verurteilt zu 10 Jahren *(das war Dr. Hartmann viel zu wenig)*

Haft, mit der Auflage einer Therapie, um von seiner Hörigkeit vom Professor Dr. Dr. Frank N. Stein und seiner krankhaften Karrieresucht geheilt zu werden."

Die schriftliche Urteilsbegründung wurde verlesen, mehr als 200 Seiten lang, was zweieinhalb Stunden dauerte und die Geduld und das Sitzfleisch von Angeklagten, Gericht und Publikum in dem juristischen Raum-Zeit-Kontinuum hart in Anspruch nahm.

Abschließend ermahnte das Gericht die Angeklagten, Einsicht in das Unrecht ihres Tuns zu zeigen und die Strafe und die Haft als Chance zur Besserung zu sehen. Wobei, bei dem Ego und der Uneinsichtigkeit des Professors, berechtigte Zweifel bestehen dürften. Damit war der große Horror-Sensationsprozess von Waldstadt beendet und relative Normalität stellte sich wieder ein.

Hinsichtlich des Werwolfes Lupus Canis Hominides, der seinen Psycho- und Intelligenztest gut bestand, wurde seinem Wunsche entsprochen, Tierwärter für das Wolfsgehege zu werden. Waldstadt war bekannt für seine

Wolfszucht und sein Wolfsgehege. Der Zoo-direktor hatte eine vakante Stelle und freute sich schon auf die Zusammenarbeit.

Albert E. Felis wurde ebenfalls psycho-logisch und intelligenzmäßig getestet und brachte zeitweise seine Tester durch Späße und unerwartete Fragen in relativ große Schwierig-keiten. Der Test ergab einen weit überdurch-schnittlichen Intelligenzquotienten und sehr gute Werte für sein freundliches und umgängli-ches Wesen. Als er gefragt wurde, wo er bleiben möge, antwortete er: „Bei Stella und Lux!"

Stella und Lux und Albert E. bekamen eine schöne Belohnung. Lux konnte damit die Tür-reparatur bezahlen und behielt sogar noch etwas übrig. Stella und er überlegten, ob sie von der Belohnung nicht ein relativ stärkeres Teleskop kaufen sollten, um die Chancen, eine Supernova oder einen neuen Kometen zu entdecken, zu verbessern. Albert E.'s wurde in relativ hoch-verzinslichen Kommunalobligationen angelegt und die Zinsen in Cat-Stars. Er lebte abwech-seld bei Stella und Lux und war eine bekannte

Persönlichkeit in Waldstadt, hatte in der Lokalzeitung seine Kolumne, in der er neue Erkenntnisse der Physik und Astronomie kommentierte und versuchte verständlich zu machen. Er war wohldotierter Berater der Katzennahrungsindustrie und Ehrenmitglied im Tierschutzverein Waldstadt e.V. und der dortigen Cat-Sitter-Initiative, einem gemeinützigen Verein der Katzenfreunde.

Alles lief relativ *(mit einer Tendenz in Richtung absolut, was aber nicht erreichbar ist)* gut. Stella und Lux stritten nicht mehr so oft. Albert E. hatte offensichtlich einen positiven Einfluss auf ihre Beziehung. Die Tür war repariert und wieder funktionsfähig. Das Labor Im Walde kaufte der UNIBIO Konzern. Mit dem Kaufpreis wurden die Prozess- und sonstigen Kosten gedeckt. Nachmittags saßen Stella, Lux und Albert E. oft zusammen und machten unter seiner Beihilfe in Mathe und Physik ihre Hausaufgaben. Danach unterhielten sie sich noch etwas über das Universum und die Welt. Anschließend gab Albert E. jedem ein Köpfchen, schnurrte zufrieden, putzte sich und schlief. Versuche, Mäuse zu fangen, hatte er aufgegeben.

Die Rotverschiebung weit entfernter Galaxien nahm zu. Und das Universum dehnte sich weiter aus, und mit ihm Zeit und Raum, aber davon war in Waldstadt relativ wenig zu spüren.

Und nachts, wenn der Himmel klar war, saß Albert E. vorm Fenster und betrachtete die Sterne und die Milchstraße und dachte über das Universum nach und über die Große Vereinheitlichte Theorie, international **GUT** (**G**rand **U**nified **T**heory) geheißen, und da Katzen relativ viel Geduld haben, fällt sie ihm vielleicht i rgenwann 'mal ein.

Sie würde dann umbenannt in **CUT** (**C**ats **U**nified **T**heory) und Albert E. wäre die erste Katze, die den Nobelpreis bekäme.

Der Denker

## Albert E.'s kleines Glossarium

**Astronomie** (griech. = Sternkunde), Wissenschaft von der räumlichen Anordnung, der Bewegung und der physikalischen Beschaffenheit der Himmelskörper.

**Einstein**, Albert, 1879-1955, einer der bedeutendsten Physiker. Schöpfer der "Speziellen und Allgemeinen Relativitätstheorie". Nobelpreis für Physik im Jahre 1921.

**Frankenstein**, Roman und Figur von Mary Wollstonecraft Shelley, 1818. Die Hauptfiguren Baron Viktor Frankenstein und sein aus verschiedenen Leichenteilen zusammengesetzes Geschöpf die Kreatur sind die Akteure vieler Horrorfilme und neben dem Grafen Dracula und dem Werwolf die berühmtesten Horror-Figuren.

**Gentechnik**, das Einschleusen von Abschnitten fremder Gene bestimmter Eigenschaften in die Gene einer Spezies, deren Eigenschaften dann daselbst wirksam werden.

**GUT**, Grand Unified Theory, Große Vereinheitlichte Theorie, eine Theorie, die versucht, drei der vier in der Natur vorkommenden Grundkräfte zu "vereinigen", d. h. zu zeigen, dass sie nur verschiedene Auswirkungen einer einzigen Kraft, der "Urkraft", sind.

**Relativitätstheorie**, Spezielle. Alle Physik ist letztendlich Messen. Messen von Längen, Massen, Zeit. Daraus ergab sich die Frage: Kann man einen Ort, z.B. den der Erde exakt festlegen? Aus dem Nachweis, dass es den bis dahin angenommenen Äther im All nicht gibt, leitete Albert Einstein ab, dass wir von einem Himmelskörper nicht sagen können, ob er sich bewegt oder ruht. Die andere wichtige Erkenntnis war, dass die Lichtgeschwindigkeit gleich bleibt, egal ob sich die Lichtquelle oder der Beobachter sich bewegen oder nicht. Daraus ergab sich rechnerisch die Tatsache, dass Längen, Massen, Zeit relativ sind und sich bei Annäherung an die Lichtgeschwindigkeit sich Längen, Massen, Zeit stark verändern und bei Lichtgeschwindigkeit entweder Null oder unendlich werden, was aber in der Realität nicht möglich ist.